文春文庫

料理なんて愛なんて

佐々木　愛

文藝春秋

もくじ

料理なんて愛なんて

本文イラスト　カシワイ
本文デザイン　大久保明子

1 冬、ホッキョクグマの解体

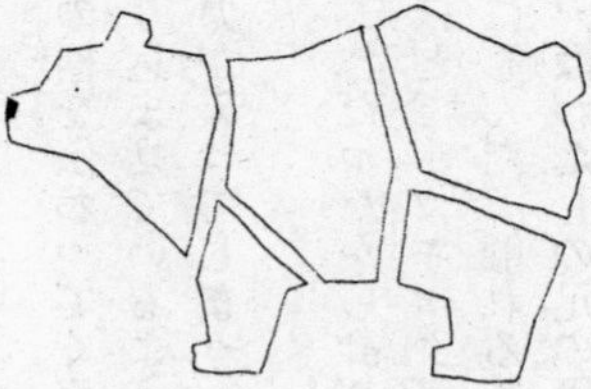

切断、切断、切断、切断、切断。

暖かい部屋に放置していたのが、第一の失敗だった。包丁の柄《え》を伝わってくる感触には、薄い骨を割るのに似た軽い感触の部分と、脂肪に刃を滑り込ませているような粘ついた部分の二種類があって、リズムが安定しない。体全体に力が入ってしまう。思っていたよりずっと重労働だった。

朝が来る前に、やってしまわなければいけない。初めてのことだったから計りかねたけれど、この調子では予定時刻をオーバーする。焦れば焦るほど、ホッキョクグマを押さえつける指の腹はべた付き、もう片方の手のひらにも汗がにじんだ。触れる範囲に汚れが広がる。もしも今、手が滑ってこの包丁を落としたら、刃はわたしの足の甲を突き刺す。自分のことをうまく扱ってくれない持ち主への復讐として。

復讐、復讐、復讐。切断、切断、切断。

見ていたくない手元の光景とは裏腹に、断面から溢れ出す匂いは甘く、油断をさせる。さっきまでの完璧な形にはもう戻れないかけらたち。かき集めて、香りごと頬張ってしまいたい。完遂できないのなら、せめて証拠隠滅。

引き返せないところまで来ていても、まだ迷っている。一瞬の気のゆるみが命取りになるとわかっていても、緊張感を保てない。

窓に当たる風が鳴っている。わたしはなぜ自分の手を汚しているのだろう。二月の真夜中に、たったひとりで。

考えれば考えるほどわからなくなるのだから、指示されている通りに淡々と手を動かすしかないのだ。言い聞かせるが、集中力は途切れていた。

一旦落ち着こうと手のひらを洗う。視界の隅には解体され損ね、ぐったりと横たわるかたまりが入り込んでくる。わたしから離れた途端、ただの無残な生ごみになり果てる様には、さすがに罪悪感がわく。時間をかけて泡を洗い流したが、爪の間に入り込んだものは取れていなかった。

必要以上に感情が高ぶっている。よくない兆候だった。キッチンとひとつづきの部屋のベッドに腰かけ、目を閉じて深呼吸をした。聞こえるのは外の風と、換気扇が回る音だけになった。当たり前だ。やつらは、この手から離れれば動きはしないし、何の声も発しないのだ。束の間、肩の力が抜けた。ゆっくりまぶたを上げていくと、さっきまでの行為がすべて悪い夢だったようにも思えてくる。

でも、あの香りがまだ生きていた。換気扇に抵抗し、じわじわと迫ってきて、部屋ごとわたしを飲み込もうとしている。悪い夢は続いている。

悪夢、悪夢、悪夢。復讐、復讐、復讐。

二月十四日、〇時。

ちょうどデジタル時計の日付が変わった。

真島《まじま》さんを驚かせたいだけだった。

「どんな人が好きなんですか」

三年前の春の、出会ったその日に聞いた。

「料理が好きな人」

真島さんは、即答だった。それからわたしは事あるごとに同じ質問をした。

「料理が上手な人」

「料理好きな人」

「料理が得意な人」

言いまわしは変わるものの、真島さんの答えはいつもひとつだった。

それにはまったく当てはまらないわたしが、真島さんと付き合えることになったのは、この間のクリスマスのことだった。

ホッキョクグマを象《かたど》ったチョコレートを砕こうとしていたのは、だからだ。細かくしてから湯煎《ゆせん》し、彼のための「手作りチョコ」を作る計画だったのだ。

今、中途半端に解体されているホッキョクグマの形をしたチョコとの出会いは、一月下旬まで遡《さかのぼ》る。

手作りするべきか、市販のチョコにするべきか。悩みながら都心のバレンタインフェアをめぐっているとき目が合った。ショーケースの中にいたそれは、北海道みやげの木彫りのクマを連想させた。カカオ八〇％でできた黒に近い色のチョコレートなので、遠目ではツキノワグマかヒグマなのだが、札には「リアルアニマルシリーズⅣ　ホッキョクグマ」と書かれていた。

ホワイトチョコレートで作ったほうがホッキョクグマに見えるのに、と考えながら眺めていると、「リアルアニマルシリーズには、このタイプのこだわりのチョコレートしか使用しないんですよ」と年配の女性販売員が教えてくれた。言われてみれば確かに、隣に並んでいるアルパカもシロフクロウも、同じ色をしていた。

ホッキョクグマの泳ぐ一瞬が、チョコレートで立体的に象られていた。ショーケースに自分の顔が反射しなくなるまで額を寄せて観察した。毛の一本一本が冷たい海流に揺れる様子まで感じられるようで、それを見ながら思い出したのは、真島さんへの長い長い片思いの途中、ふたりで真夏の動物園へホッキョクグマを見に行った日のことだった。そのときにふたりで飲んだ、ぬるいオレンジジュースの味だった。

「ハッピーバレンタイン」

さっき説明をしてくれた販売員が、真っ白なリボンを巻いた箱入りのホッキョクグマを渡してくれると、想像していたよりもずっしりと重かった。いまいち実感の持てないわたしと真島さんの関係に、意味を持たせてくれるような重さだった。

最高の選択をしたと思っていたはずなのに、二月十四日が近づくにつれて心が揺らいだ。やっぱり手作りのチョコを渡してみようかと、思い始めたのだった。

わたしは真島さんの求める条件に当てはまらないのに、今、選ばれている——。その誇らしい気持ちは、条件に当てはまる別の女性が真島さんを好きになれば、わたしたちの関係はすぐに終わるだろうという不安と常に背中合わせだった。バレンタインが近づくほど、じわじわと不安のほうが優勢になった。

形から入るタイプなのでまずは書店へ向かい、三冊のチョコレシピ集を購入した。ショッキングピンクの表紙が目立っていた『カレをひと口で落としちゃう超カンタン手作りショコラ30選』が最も使えそうだった。店頭で立ち読みしたときは、確かに作れそうな気がした。それなのに、家で開くとその自信は少しも現れなかった。ふるい器、ココット、ゼラチン、ラム酒。自分の生活圏内にない単語が気持ちを削っていく。結局はネットで「手作りチョコ」「簡単」「時短」の三語で検索をかけた。一番最初に表示された「スプーンDEチョコ」なら、やれそうな気がした。

ちょっとしゃれたスプーンを用意する。そこに溶かした市販の板チョコを流し入れ、固める。スプーンの柄にリボンを結ぶという手間を加えれば「手作りチョコ」が完成するというものだ。スプーン、板チョコ、リボンならば、わたしの世界にも存在していた。

せっかくなので、板チョコはホッキョクグマで代用することにした。端正な毛の流れをこちらの勝手な都合でどろどろにしていいものかと悩んだが、リアルアニマルシリーズのこだわりは形でなくむしろ素材にあると販売員も語っていたので、市販の板チョコで作るより、ずっとおいしくなるはずだと思い決断した。湯煎用のボウルをふたつ買い、スプーンはアンティーク調のデザインの品を取り寄せた。柄の先がト音記号になっていたり、八分音符になっていたりする四本セットだ。準備は整っていた。

まさかホッキョクグマがこれほど頑丈だとは、想像していなかった。

基本的に、自炊はしない。朝食、なし。昼食はコンビニ、キッチンカー、もしくは同僚の岡《おか》ちゃんとの外食。夕食、お惣菜かレトルトに缶ビール。これが、社会人生活約五年間で整えられたリズムだった。

新卒で鉄道会社の子会社に滑り込んだ。主に、駅近の会員向けコワーキングスペースを設けて管理する会社で、今は総務部門と名の付いた部署にいる。現場に出向く運営部門とは違い、基本的には社内に常駐しているし、体力的にきつくはないけれど、帰宅は早くて夜の八時半になるから、料理などする気は起きない。

コンビニは次々新商品が出るので、飽きることなどありえない。帰りの電車に揺られながら、今夜はどこで夕食を買おうかと想像するのは楽しいし、もともとの好物が菓子パン、カップ麺なので、そういう生活にわびしさを感じることもない。実家を出てから、ジャンクフードを堂々といつでも食べられるようになったことは、うれしいことのひとつだった。

明日の朝も七時前に家を出なくてはいけない。朝と通勤電車は、どちらも料理の次に苦手なものだが、現代人として致しかたない。

ホッキョクグマの湯煎のために沸かしていたお湯をコーヒーカップに移し、ベッドに戻った。素《す》のお湯の温かさが伝わるカップを両手で包みながら、「料理が得意そう」と言われていたころを思い出してみる。「家庭的な感じがするね」「自炊とかする派でしょ」。その言葉をただ飲み込んでいたころのこと。

初めて男の人にそう言われたのは就職活動中で、初対面の男女が大勢集まる飲み会の席だった。それ以降、たびたび同じことを言われるようになった。

平均より少し低い身長と、平均より少し軽い体重。主張の乏しい顔のパーツとその配置、癖があるせいでショートにはむかず肩まで伸ばしている髪。ファッション誌を参考にしているのに、何を間違っているのか自然と地味になる服。見た目の印象が、そうなのかもしれなかった。両親がつけてくれた優花《ゆうか》という名前も、どうも家庭的なイメージを抱かせてしまうようだった。

はっきりと自覚している。わたしは、料理が嫌いで苦手だ。小学生時代の調理実習から振り返っても、楽しいと思ったことはない。

何を作るか考える、スーパーで材料を調達する、欲しかった食材がなく予定変更を迫られる、どの順番で手を付けていったら効率が良いのか考える、どうしたらなるべく苦手な包丁を使わずに済むか考える、まな板が汚れて手に食材の匂いがつく、なぜか料理本記載の数倍の時間がかかる、器を選ぶ、よそう、どうしてか予想以上の量ができ上がり、中途半端に余る。食べるのは一瞬で、その後は皿を洗う、汚れのこびりついた鍋類を激しくこする、乾かす、残った食材をどうするか考える、排水口の野菜くずを処理する——。これを一生繰り返すのだと想像すると、この気持ちのことだって絶望と呼んでいいような気がしてくる。

社会人一年目の夏の終わりころ、「須田《すだ》さんは家庭的っぽいよね」と言っていた五つ年上の人を好きになった。運営部門のその人の、シャツの腕まくりの仕方が特に好きだった。

「得意料理は何なの？」

ふたりで食事に行った帰りに聞かれた。

「唯一、他人に食べさせられるのはカレーライスですかね」

正直に答えたのにもかかわらず、「そういうところも、いいよね」と、うれしそうにしていた人だった。

彼の家でリクエストどおりにカレーを作った。お米を炊き、野菜と豚肉を炒め、煮て、市販のルーを割り入れた。ごく一般的なカレーだったのに、その日を境に彼は少しずつよそよそしくなった。彼は、スパイスを調合して一から作るような凝ったカレーを想像していたのかもしれない——。そう気づいたのは別れを告げられたあとだった。

「思ってたのと違った。きみは悪くない」

わたしがエプロンを一枚も持っていないこと、冷蔵庫にビールとタバスコしか入っていないこと、朝ごはんを食べないことなどにものすごく驚いていたから、それも理由だったのだと思う。交際期間は三週間だった。

ふられた翌週、十年以上の付き合いになる百合子《ゆりこ》が、ことの顚末を聞いてくれる予定だった。先に待ち合わせの居酒屋に入って、ビールを待っていると、隣のテーブルの男が絡んできた。年上だとは思うけれど、三十代そこそこに見えた。

「きみ、なんでひとりでここにいるの」

「友達を待っているので」

酔っ払いの言うことを真面目に取り合ったのが間違いだった。最初から答えを聞く気は男にはないみたいだった。

「こんなとこ、きみみたいな子、ひとりで来るもんじゃないって」

「だから友達を……」

「きみみたいに、大人しくて家庭的な子はさ、平凡だけど優しい男と結婚して、普通に幸せな家庭を築くタイプなんだからさ、こういうとこ、ひとりで来ないほうがいいって」

笑いながら言って、椅子を寄せてきた。こういうときはどうするのが正解だったっけと考えながら、男のテーブルにあったジョッキを手に取っていた。中身を頭からかけてやろうと思ったのに、腕が動かなくなった。息を切らした百合子に、後ろから押さえられていた。百合子は先にわたしを店から出した。そのあとの処理、頼んでいたビール一杯分の会計やら謝罪やらを済ませてくれたらしい百合子が乗ったエレベーターの扉が開いて、駆け寄ってきた。

「あの男、昭和のアニメの悪役みたいな顔してたね」

百合子は笑いながら言って、謝るわたしの背中を何度も軽く叩いた。

その翌日は土曜日で、夕方、二日酔いがやっと醒めてからコンビニへ行こうと歩いていると、神社でフリーマーケットが開かれているのを見つけた。蚊取り線香が鳥居の向こう側から香っていて、引き寄せられるように入ると、真っ黒い長髪を真ん中で分けた若い男が目に入った。その人は、Tシャツ五枚セットを二千円で売っていた。

「あ、お姉さん、このバンド知ってんすか」

立ち止まると、声を掛けられた。男は、「音楽好きの間だけで超知られてるマイナーかつ伝説的」だというロックバンドの名前を挙げて、売り物については「七年前と五年前と二年前の数量限定ライブツアーTシャツ」で、「もう解散しちゃったからレア」なのだと熱弁をふるった。

「ネットとかだったら、この十倍の値段でも売れますよ。でも思い入れあるし、せっかくなら顔見て売りたいじゃないですか」

中央のTシャツの上では、頭蓋骨を両手で抱えたうさぎが、二本脚で暗闇を走っていた。遠くの月にむかっているらしかった。

「もうすぐ店じまいなんで。何なら全部で千五百円にしますよ」

男の髪の分け目は、やけにはっきりとしていた。

「あの、店員さんは昨日、何食べました？」

「え？　食べたものすか。昨日？　えーと、すぐ出てこないですけど……ホッピー死ぬほど飲みましたよ。それ、関係あるんですか」

これを着ていれば「家庭的」とは思われないのかもしれない。

「五枚、全部買います」

男は喜んで、千四百円にまけてくれた。

振り返れば安い買い物だった。あれから仕事以外、ほぼバンドTで過ごしているのだから。フリーマーケットのアプリで確認してみると、言われたとおり、ぼったくりとも思える高値で取り引きされていた。

「バンドマンにだって家庭的な人も、料理が得意な人もいる」

と百合子は言う。小学校の臨時教員をしているだけあって、フラットな意見だ。

「わかっているけど、なんというかこれは武装の感覚なの」

それに、知らないバンドのライブTシャツを着るというでたらめな行為は、なんだか自分にしっくりとくるものがあった。

フリマアプリで別のマイナーバンドのTシャツを、何枚か追加で手に入れた。特にレアらしい一枚を着てコンビニで立ち読みをしているとき、男の人に「ファンなんですか」とTシャツを指して話しかけられたこともあった。

「知らないんですけど、たまたまです」

申し訳なく思いながらも言うと、その若者は気まずそうに去っていったけれど、「料理好きそうだね」と言われるよりは、ずっといい出会い方だと思った。

真島さんに初めて会ったのは、バンドT生活に馴染《なじ》み始めたあとだった。その日のうちに、自称・音楽好きな真島さんの口癖は「ロックだね」と「それ、もう歌詞になってるよ」であることを知り、好きなタイプが「料理上手な人」であることも知った。真島さんは、わたしを見て「料理が得意そうだね」と、もちろん言わなかったが、Tシャツを見て「ロックだね」とは言った。

料理上手な人が理想だという真島さんに好かれるためには、バンドT生活をやめた方がいいのかもしれないと少し迷った。しかしその時すでに、バンドTはほかのどんな服よりも楽で、かつ自分らしい服装だと思えるようになっていたので、続けることに決めた。バンドTをやめても料理を好きになれるわけではないのだし、それに、真島さんは会うたび「今日のTシャツもロックだね」と言ってくれていた。

コーヒーカップの中のただのお湯が、冷め始めていた。ホッキョクグマの解体も、もちろんバンドTシャツで行っていた。冬でもパーカーを合わせれば寒くない。Tシャツの胸にいるロックなうさぎに目をやると、ふと、勇気のようなものが胸に湧き上がるのを感じた。そうだった。わたしは、できるだけ本当の自分、つまり、知らないバンドのTシャツがしっくりくる自分や、料理なんてしたくない自分を、真島さんに好きになってもらいたいのではなかったか？

よく「料理は愛情」といわれる。けれどわたしは、それを信じていない。真島さんへの愛はあり余っているのに、料理は全然したくない。

あれ、どうしてわたしは、ホッキョクグマを切断してまで、手作りチョコを用意しようとしていたんだろうか？

デジタル時計の二月十四日の表示を見つめていると、「手作りチョコ」への違和感は、どんどん成長していった。ベッドの枕元には、真島さんがくれた地球儀がある。手に取って、カカオ豆の主な生産地、ガーナを探した。

そうだ、第一、溶かしたチョコの形を変えて固め直しただけのものを「手作りチョコ」と称するなんて、間違っている気がする。本当の「手作りチョコ」とは、カカオ豆からスタートするはずだ。

買ったその日から床に置きっぱなしにしてあった『カレをひと口で落としちゃう超カンタン手作りショコラ30選』をめくった。「カカオ豆ができるまで」のページによれば、カカオ豆というのは、収穫まで最低四年はかかるそうだ。それを遠く離れた異国の農家が一から育て、雨風や虫や病気から守り抜く。やっと収穫された豆は、別の職人の手で焙炒《ばいしょう》され、殻を取り払われ、丹念に胚芽《はいが》を除かれ、時間をかけて粉砕される。

なんてこった、地球上で本当の「手作りチョコ」を作っている人間は、ほんのわずかだ。わたしは、彼らが生活を懸け、丹精込めて育てたカカオ豆から生まれ、その後もたくさんのプロたちの手を経てでき上がった〝完璧なチョコレート〟を溶かし、形を変えようとしていた。その余計な作業を都合よく「愛情」と呼び、「手作りチョコです」と澄まし顔で渡そうとしていた。危ない所だった――。これは〝完璧なチョコレート〟に対する冒瀆《ぼうとく》だ。

寝よう。

仕事を終えたら、百貨店に寄ろうと決める。真島さんには〝完璧なチョコレート〟を食べてもらおう。だから、寝よう。決心してしまうと、キッチンに残したすべての面倒くさいものごとから解放された。

わたしの気の迷いで、このような姿にしてしまい申し訳ありませんでした。細かく刻んでしまったホッキョクグマの手足と尻尾《しっぽ》と頭の部分を、心の中で謝りながら食べた。すぐに口の中の温度に溶けて、濃いアルコールの香りを嗅いだときのように頭の奥が気持ちよく揺れた。

ネオンの色を映した雲が、ビルの上を流れている。二月十四日の巨大ターミナル駅東口を出た広場には人があふれていた。

駅ビルを見上げるように、正面のガードレールに体重を預けた。駅に繋がる階段からは絶えず人が昇ってきて、この中にどれくらい〝完璧なチョコレート〟を溶かすという罪を犯した女性がいるのか想像してみた。どの人が料理を好きで嫌いか、やはり見た目だけではまったくわからない。

入社五年でも、バンドTシャツ姿で出社する勇気はまだない。今夜のワンピースは、立ち読みしたファッション誌の「もう彼に媚《こ》びない平日バレンタインコーデ」特集を参考に新調したものだった。取り忘れていた襟元の値札を、職場で岡ちゃんが見つけて、ハサミで切ってくれた。

コートのポケットからスマートフォンを取り出す。

「チョコできた？　わたしはさっきできたよ。優花のことだから、やっぱりやめて寝ちゃおうとか思ってるんじゃないかなと思って連絡してみました」

百合子は、さすがに鋭い。そのメッセージを受信した時刻は、わたしが昨晩眠りに落ちた直後になっている。返信を今頃になって送った。

「そのとおり、わたしはチョコを作らずに寝ました。本当の手作りチョコとはどういうものか、気づいてしまったのです。でも大丈夫。さっき髙島屋で六千円のチョコを調達したよ」

リアルアニマルシリーズは売り切れだったけれど、フランスのカリスマショコラティエの技が詰まった逸品を買うことができた。つるりとした十二粒のチョコレートで、中身はそれぞれ違うらしい。なかなかの値段がしたが、プロの作った完璧な作品には、それだけの価値があるということだ。

「本当の手作りチョコって？　私も太郎《たろう》さんと一緒だからまたあとで連絡するね」

すぐに手持ち無沙汰になった。近くにはデジタルの温度計を掲げたビルがあり、四度と表示されている。

真島さんは、三十分遅刻していた。

「今日言わなくちゃいけないことがあるんだ。その関係で少し遅れるかもしれない」

正午過ぎ、そうメッセージが届いていた。プロポーズには早すぎるし、良い予感はしない。

温度計が三度に変わる瞬間を見てから、コンビニに温かいものを買いに向かった。ホットのコーヒーと、真島さん用にあんまんもひとつ買って戻った。真島さんの好きな食べ物は、「コンビニのあんまん」だ。料理上手な人がタイプと言いながら、食事にこだわりがある様子ではなく、普段はほとんどコンビニか仕事がらみの外食だと言っていた。

南口へつながる通りのほうから駆けてくるのが見えたのは、コーヒーが空になり、あんまんの熱も冷めたころだった。ぶつかりそうになった人に頭を下げる真島さんの姿で、はためくトレンチコートで、風の形がついたままの前髪で、寒さを忘れた。

「待った？　予想以上に時間、かかっちゃって」

真島さんは骨伝導のイヤホンを外しながら言った。息が切れているが、どこか清々しい顔をしている。

「大丈夫で……」

言いかけたのを遮って、彼ははっきり言った。

「やっぱりきみとは付き合えない」

選手宣誓のような爽やかささえあった。隣で誰かを待っていた女性が気遣うように離れていく。

「は」

口からは白い息がふわりと出て、まぬけだった。

「沙代里《さより》さんがね、俺と付き合ってもいいかなって昨日の夜、言ってくれた」

「あの、それは、また都合よく扱わ……」

「いや、今度は本気らしいんだ。さっきまで会ってた。沙代里さん、チョコをくれたんだ」

彼は、決定的な証拠を示す検察官のように「ほら」と言いながら、差し出した。ハートがちりばめられたラッピングビニールの中にふたつだけ、ちょこんといるのは昨夜わたしが作ろうとしていた「スプーンDEチョコ」だった。

「手作りチョコだよ。本気ってことでしょ、これは」

真島さん。それは「手作り チョコ」「簡単」「時短」で検索すると一番に出てくるんですよ、溶かして固めるだけなんですよ、しかもこのスプーンは百均で売っているプラスチックのじゃないですか、ラッピングだって百均です。それは手作りなんて呼べない代《しろ》物《もの》です、チョコレートへの冒瀆と言っても過言ではない、だって本当の手作りチョコっていうのは、カカオ豆を一から、最低四年かけて——。

でも、どれも言葉にはならなかった。「スプーンＤＥチョコ」さえ挫折した者に言う資格なんてない、と思ってしまった。昨日の夜に戻りたい、あの、愚かな決断をする直前に。

「て、手作りなんて」

手作りなんて、本気の愛情の証《あかし》にはならない。言いたいのに、冷えた口元がうまく動かない。声が詰まってつながらない。彼は神妙な顔を作って言った。

「手作りなんて、っていう言葉、沙代里さんは絶対に使わないと思うんだよね。料理は愛情、が口癖の人だからさ」

「違います、そういうことじゃなくて」

チョコを手作りしなかったからといって、真島さんを好きな気持ちが沙代里さんに負けているわけじゃないのに。

「優花ちゃん、あのね」

「はい」

「きみも俺のこと、長いこと好きでいてくれたよね。だからわかると思うんだ。好きじゃない子からの『一生ずっと愛してる』より、好きな子からの『ちょっと好きかもしれない』が欲しいこと」

わかる、わたしにもすごくよくわかる。また何も言えなくなった。

「沙代里さんといるとさ、音楽が聴こえるんだよ。流行ってるやつ。見えてるものが、高校生向けの恋愛映画みたいになる。この歳になってそんなこと、もうないと思ってたけど。きみといるときに聴こえるのは、それと比べると音楽じゃないんだ。なんだろう例えるなら……」

電車が速度を落としながら近づいてくる音と、街頭スクリーンの出す音が混ざって騒々しく、耳のすぐそばで聴こえる気がした。

「雑踏？」

「あっそれそれ、雑踏なんだ。きみのことを好きになりたいとは、ずっと思ってた。付き合っている間はもちろんだし、それより前、きみの気持ちに初めて気づいたときからずっと。でも、ごめん」

沙代里さんの「スプーンDEチョコ」を返した。

「じゃあ、彼女を待たせてるから」

行ってしまおうとする腕を反射的につかんで、

「あ、あの、じゃあせめてこれを」

完璧なチョコレートを差し出した。

「だめだよ。そんなに高そうなチョコもらえないよ。別れたのに」

「いいんです、もらってくだ……」

「いや、彼女に悪いからさ」

「真島さん、お願い、すっごくおいしい完璧なチョコレートらしいです、お願いします、そんなに高くない、たった六千円です、六千円」

追いすがるような体勢になってしまう。

「じゃあこっち。あんまん、どうぞ。さっきまで温かくて……こっちにだって愛情は」

「いや、だからごめん、もう行かなくちゃ」

手が払いのけられ、完璧なチョコレートとあんまんが、汚れたコンクリートに打ち付けられる。あんまんは、駅に向かって走る誰かが踏んだ。真島さんは一瞬「やり過ぎた」という表情をしたが、そのままイヤホンを素早く付けて背を向け、来た方向に戻っていった。

はす向かいの交番の警官と目が合ったが、すぐにそらされた。わたしはあんまんをひったくるように拾い上げて、ビニールから出し、立ったまま勢いよくかぶりついた。音楽も雑踏も聴こえなくなっていた。好きな人と、好きな人の好きな人が、両思いになってしまった。「それ、もう歌詞になってるよ」と言う真島さんの声だけ頭の中で響いていた。そのとおりの、ありきたりなふられかただった。ふた口ですべて頰に詰めることができたときに涙がこぼれた。ちょうど、むせているふりができ、人々がやっとわたしから目を離し始めた。真島さんの言うとおり、ただ雑踏だけがわたしの周りにはあった。ひとまず思考のスイッチを切って帰還したわが家のキッチンには、ホッキョクグマの胴体や包丁が転がったままだった。まるで捜査のために保存された事件現場だった。

小鍋でお湯を沸かし、沸騰するまでの間にカリスマショコラティエの店の包み紙を破り、宝石箱のようなパッケージの中で輝く十二粒を見つめた。込められている愛情の量なら、沙代里さんの「手作りチョコ」に負けていないことは明らかだった。なぜ、プロの作品に溶かして固めるという余計な手を施した代物のほうが、ありがたいと思われているのだろう。これだけ手間をかけました、苦労しました、とアピールすることが愛情なのか。質よりもそっちのほうが大事なのか。

十二粒をすべて、出しっぱなしだったボウルにぶつけるように落とした。もうひとまわり大きいボウルに沸騰したてのお湯を入れ、立ち上がる湯気の向こうのゴムベラを動かす。思っていたより早く表面がとろけていき、ホッキョクグマを刻んだときよりもっと複雑に香り始めた。高価なスパイスでも入っているのかもしれない。それから何らかのナッツ類たち、ブランデーらしき香り、赤いゼリー状のもの、チョコよりは色の薄いさらさらのソース。露《あら》わになり始めた素性の知れないおいしそうな何かがひとつになっていき、心の中のどろどろとした黒いものも混ざっていく。

思い立って、傍《かたわ》らに転がっていたホッキョクグマの胴体も沈ませた。熱湯を足しながら辛抱強く湯煎を続けると、小さくなって消えていった。

表面は一枚のビロードのようななめらかさになったが、時間が経つにつれて、なぜか色からも香りからも繊細さや生気が失われている気がした。鈍感なわたしでも気がつくくらいに、はっきりと。レシピで湯煎の手順を確かめる。

「湯煎は決して沸騰したてのお湯で行わないように。適温は50～55度。熱すぎると、どんなに素晴らしいチョコレートを使っても、芳醇《ほうじゅん》な風味が飛んでしまいます」

悪気なくうっかり、たった一歩を踏み外すだけで、取り返しがつかなくなることもある。

わたしは、やっと実った気がしていた恋と、〝完璧なチョコレート〟の息の根を今夜、止めてしまった。死んだチョコレートの中に涙が落ちた。これから汚れにまみれた調理道具を洗わなければいけないことが、ますます悲しくさせた。

沙代里さんと会ったことが、一度だけある。一年と少し前のことだ。

真島さんは以前から、沙代里さんのことをよく話してくれていた。四年ほど前、真島さんの職場の近くに、全面が窓になっている広い料理教室がオープンした日のこと。そこで先生をしている沙代里さんを初めて見かけた日のこと。目にも止まらぬ速さで玉ねぎを刻んで見せる沙代里さん、フライパンを振る沙代里さん、卵を片手で割り生徒に拍手される沙代里さん、パスタをこんもりと盛り付ける沙代里さん、丁寧にまな板の消毒をする沙代里さん。それから、少しずつ沙代里さんが気になってきたその過程。思い切って話しかけた日のことや、思っていたより年上で、三十歳を少し過ぎていると知った日のことも。だから会う前から、自分で見てきたように知っていた。

話を聞く限り、真島さんは沙代里さんに振り回されていて、彼らしさを失っていっているように見えた。あるときからは、沙代里さんに「スナフキンみたい」と笑われたと言って、お気に入りだったカーキ色のハットを被《かぶ》るのをやめた。よくふたりで会うし、映画や美術展のチケットなどを頻繁にプレゼントしていたが、四度の告白はすべて断られたらしかった。

「友達がインフルエンザになったから、その子の代わりに一緒に台湾に来て。あさってから」

沙代里さんから誘われ、行ってしまったのは、去年の一月だった。ＩＴ企業から大手のインターネット広告の代理店へ転職して数ヵ月だった真島さんが、そんな急な誘いで連休を取るなんて、信じられなかった。

「パスポートの更新しといてよかったよ」

笑う真島さんから、精巧な白菜の飾りがついた耳かきの台湾みやげをもらった。何かにつけて「世界は狭い」と嘆くくせに、それまでハワイ旅行しか行ったことのなかった真島さんを、台湾に連れ出してしまった沙代里さんという女性を、わたしもこの目で見たいと思った。「沙代里さんに会ってみたいな」と無邪気を装って言った。

指定されたカフェには、持っている中で一番強そうに見えるバンドTを着て向かった。黒地にシルクハットをかぶったリアルな頭蓋骨がプリントされ、血が滴《したた》るような赤のLOVE IS DEADの文字が被さっている。真島さんは先に席についていて、「今日はまた一段とロックだね」と言ってくれた。

時間どおりに現れた沙代里さんは、わたしが抱いていた「男性を気まぐれで振り回す美貌の悪女」というイメージとは違っていた。細身で姿勢が良いというのが第一印象になるくらいで、さっぱりとした容姿だった。癖のない黒い髪はすべて後ろでひとつにまとめられていた。質の良さそうなダウン、ボーダーカットソーにベージュのチノパン、フラットなムートンブーツという装いで、化粧っ気もなく、とても落ち着いて見えた。

「あなたが優花ちゃんね、マシーによく聞いてます」

歌うような声をしていた。マフラーを外しながら微笑んだ沙代里さんの頬は、北風を浴びた自然な血色だった。真島さんは、わたしを妹のように紹介した。

「ごめんね、沙代里さんのことを話してたら、この子が料理に興味が出てきたって言うからさ。この子ひとり暮らしなのに、ほんと料理しないんだ」

温かいハーブティーを注文したあと、沙代里さんは、大学を卒業してすぐは国際線のCAとして働いていたことから話し始めた。

「人間関係とか、仕事のストレスですごく食べるようになって、太って制服のサイズもどんどん上がって、そのころちょうど結婚すると思ってた人にもふられたの。眠れないし、肌もぼろぼろ。急に全部いやになって、会社を辞めちゃったんだ。貯金もそんなにあったわけじゃないし、節約とダイエットを兼ねて三食自炊するようになったら、体調がみるみる良くなってきて。気持ちも自然と前向きになってた。それが、わたしが料理にはまった最初のきっかけと言えばきっかけ、なのかな」

ありがちだ。いったい何度、似たようなサクセスストーリーを耳にしたことだろう。そんな理由で料理が好きになれる人は、もともと素質があったに違いない。冷めた気持ちで聞いていた。顔に出ていたようで、沙代里さんはティーカップを両手で持つと、

「よくある話だって思うでしょう? わたしもそう思う」

くすくす笑い、自分自身に語るようにゆったり続けた。

「でもね、だんだん、料理はわたしを裏切らないってことに気づいたの。大げさに言えば、料理って唯一の、自分で変えられる運命のパーツだと思うの」

「運命のパーツ……」

「うん。仕事や人間関係や容姿とか、どんなにがんばっても変えられないところってあるでしょう。自分以外の人や、生まれ持ったもの、それは変えられない。でも料理は違うの。手間をかければかけるだけおいしくなる、時間を豊かに過ごせる、体も良い方向に変わる。ルールを守れば守っただけ、いいものができる。絶対裏切らない」

「は、はあ」

気の抜けた声しか出ないわたしとは裏腹に、沙代里さん側に座った真島さんはコーヒーをかき混ぜながら、うんうんと力強く頷《うなず》いていた。カフェの優雅な空間を彩るピアノ音楽が、沙代里さんのためだけに流れている気がしてくる。

「ごめんね、教室の勧誘みたいになっちゃって。でもね、こんなに信用できるものって、

大人になってから他には出会えないって思うの。料理は心も体も作るのよ」

「はい……」

「それに単純に、生きていくにはどうしたって食べなくちゃいけないんだから、だったら丁寧に作ったおいしいもののほうがいいでしょう。別に、難しく考えなくていいの。寒いなと思ったらおろし生姜を入れたうどんを作るとか、風邪をひいたら卵がゆを作るとか、そういうことから始めてみたらいいと思うんだ」

「なんていうか、その……おっしゃるとおりだと思います」

　嘘じゃなかった。沙代里さんが言っていることは、わたしが「こう思えたらいいのに」という理想そのものだった。

「優花ちゃんは、自炊を全然してないって聞いてるけど。でも、大切な人においしくて体にいい料理を食べてほしいとは思うでしょう？」

　真島さんの頷きが深くなったが、わたしは何も言えない。

「料理は愛情ってよく言うけど、わたしも本当にそう思うのよ。ひとこと好きだって言うより、手料理を一回作ったほうが伝えられるものも、与えられるものも多いから。料理は愛情」

　そう語る沙代里さんの顔は神々《こうごう》しかった。

「沙代里さんの口癖は、『料理は愛情』なんだよね」

と、真島さんがなぜか得意げに付け足す。沙代里さんの料理への圧倒的にまともな姿勢に、どんな相づちを打てばよいのかわからなかった。純粋に、うらやましかった。なれるものなら、そういう考えの持ち主になりたい。

彼女の短く切りそろえられた爪を見つめながら、作り笑いを浮かべるしかなかった。沙代里さんの考えに文句を言える人なんているだろうか。塗ってきた真っ赤なネイルが恥ずかしくなった。テーブルの下に手を隠した。

真島さんが仕事の電話で席を外した隙に聞いた。

「沙代里さんは、真島さんに料理を作ってあげたことはあるんですか」

彼女の落ち着いた態度をまねして聞いたつもりだったが、上手くはいかなかった。

「マシーには、まだないね。マシー、わたしが友達を呼んで開くホームパーティーには絶対来ないし」

沙代里さんの友人に値踏みされるのを恐れる真島さんの姿は、容易に想像できた。

「真島さんと恋人同士になるつもりは、ないんですか」

「彼氏じゃなくてもいいかな、今のところは」

と沙代里さんは答えた。

「あ、あとね、小姑《こじゅうと》のようで悪いけど、優花ちゃん。料理は最初はみんな下手なんだから。失敗したって愛情さえ入っていれば大丈夫。あんまり堅苦しく考えないで、肩の力抜いて、ねっ」

そう言って、先生らしい微笑みを見せた。教室でも言っているセリフなのかもしれなかった。

この人が真島さんのことを好きになってしまったら、わたしは敵《かな》わない。会話が途切れると沙代里さんは、ふと気づいたように顔を上げた。

「ああ、そっか、優花ちゃんはマシーが好きなんだね。お似合いだと思う、応援するね。料理のことで聞きたいことあったら、いつでも相談して」

今度はひとりの女の人としてのくしゃりとした笑顔だった。

「お、ふたり、仲良くなったみたいじゃん。よかったね」

真島さんはうれしそうに言いながら戻ってきた。

「こういうときは、食べるに限るよ」

バレンタインから数週間経っても塞ぎこんでいるのを心配して、百合子が家まで来てくれた。

「もうすぐ卒業式があるし、クラス替えの準備もあるし、こっちも学校中がぐちゃぐちゃしてるの」

「忙しいのにありがとう」

「お互い様よ」

両手のスーパーの袋をわたしに差し出してから、スニーカーをそろえて脱いだ。

「うちにも百合子に食べてほしいものがあるんだ」

溶解した六千円のチョコとホッキョクグマの胴体は結局、ボウルのままラップをかけて冷蔵庫に放置していた。ホルマリン漬けの脳みそを持ち出すような気持ちで取り出して百合子と覗き込むと、それは高級チョコであった矜持《きょうじ》を保とうと精いっぱい澄ましているようにも見えた。

「えっ、これなに？」

「完璧なチョコレートの成れの果て」

あの夜の蛮行を説明すると、「食べてみようか」と百合子は言った。

「スプーンDEチョコ」のために取り寄せていたスプーンを取ってきた。百合子にへ音記号を渡し、自分はト音記号を選んだ。ふたりでスプーンを差し込もうとしてみたが、硬すぎて上手くいかなかった。暖房の設定温度を上げ、百合子の持ってきてくれたインスタントの紅茶を飲みながら、食べやすくなるのを待った。

「別に、料理が下手だからふられたっていうわけでもないんでしょう？」

と百合子は聞いた。

「どうだろう。真島さんは、料理上手なわたしと、料理上手な沙代里さんだったら、もっと迷ったと思う。それに、わたしが手作りチョコを持って行っていたら、もう少しちゃんと話し合いができたかもしれない」

「そうかな。それに何回も言ってるけど、真島さんは別に全然いい男じゃないよ。どちらかといえば、友達にもなりたくないやつだよ。太郎さんもそう言ってる。あの地球儀だって捨てなよ、でかいだけで邪魔だよ」

「いい男じゃないっていうのはわかるよ」

「うん。本当に？」

「うん。別れのセリフだって最低だよね」

「でも好きなの？」

「うん。なんで好きなんだろうって思う」

百合子は考え込むようにしてから、

「ごめん、単純に疑問だから聞くんだけど、そんなに好きな人のためになら、料理に正面から取り組んでみよう、何としてでも料理を頑張ってやろうっていう気には、ならないものなの？」

と首を傾《かし》げた。

「そうだよね、百合子の言うとおり。何としてでも頑張ればいいだけなのに。努力しないで人から好きになってもらえるのは、ありのままでもちゃんとしてて、初期設定で料理好きな、沙代里さんみたいな人なんだから」

百合子は何か言いたそうにしていたが、わたしは続けた。

「わたし、やっぱり、料理が上手な人になりたい。料理が好きな人になりたい。なんかもう、生まれ変わったら料理研究家とかになりたい。料理ブログが話題になって、レシピ本を出すことになって、それが大ヒットするの。インタビューでは『料理って自分で変えられる唯一の運命のパーツなんです』って言う。土鍋で玄米炊いたり、庭でハーブを育てて米のとぎ汁をかけてあげたり、食器にも盛り付けにもこだわる。丁寧な生活ぶりも注目されて、ライフスタイルブックなんかも出す。どこかのナチュラルなブランドとコラボして、おしゃれなエプロンとか鍋つかみとか、プロデュースする。これが来世の夢」

「え、そこまで」

「百合子には、見せるね」

立ち上がり背後のクローゼットの白い扉を引いた。

「この下」

「うわ、こんなに……」

上段には服を収納しているが、下段には、ぴったり収まる本棚を置いていて、その中は料理本で埋まっている。料理本収集に取り憑かれたのは、沙代里さんとカフェで会ったあとからだ。表紙で笑う料理研究家を見るたびに、沙代里さんの言葉を思い出した。「料理は愛情」。三十冊以上は買っただろうか。あふれた分は、上の段の隙間に重ねて置いている。料理本の数だけが、料理を好きになりたい自分の証明だった。

「読んでいない本は一冊もない。でもこの中に、作りたいものもひとつもない。店頭で見たときには今度こそ作るぞと思うのに、家で開くと、もうだめ」

「それは、どうして」

「どうしてだろう、やる気が出ないの。材料に『みりん』って書いてあるだけで、げんなり。みりんってスーパーに行くたび買おう買おうと思うんだけど、結局は先送りしちゃう。重いし」

醬油や砂糖はわかる。でも、みりんにはそこまでの信頼感を持てない。ローリエやらバジルやらの葉の類、ナツメグ、バニラエッセンス、オイスターソース、ウスターソースなども同じだ。わざわざ買って、狭いキッチンでスペースを与えるほどの信頼感はない。他に、厄介なのは「だし汁」だ。どうして水道をひねれば出てくる水と同じ感覚で書かれているのか――。考え始めると止まらなくなる疑問を封じ込めるようにクローゼットの扉を閉じた。

「好きになりたい。でも、うまくいかない」

「……気持ちはわかる。本だけ買って満足しちゃうのもよくわかる。わたしもそんなに料理は得意じゃないしね」

「料理教室に通った時期もあったんだよ、三ヵ月」

「そういえば、行ってたよね。沙代里さんに会った直後だっけ」

「うん、初心者コースね。教室自体は、すごく楽しかった。必要な食材も調味料もあらかじめ全部、調理台にそろってる。メニューによっては、先生が先に野菜を洗ってくれてたり、切ってくれてることもあった。キッチンも広くてきれいで。名前は忘れたけど色んな大きさの銀色のトレイ？　みたいなのがたくさんあって便利で」

「楽しかった。でも、料理が好きになることも、家でも作ってみようという気になることも、結局なかったね」

「バットね」

「もったいないね」

「料理教室ってたぶん、ジムと同じなんだ。ジムでお金を払って筋トレしたりランニングしたりする人が、家でひとりでも同じように運動するかって言われたら、どう？」

「しないね、妙な説得力があるね」

　百合子は苦笑いしている。

「でしょう。でも、たくさんのことを教えてもらった。春キャベツは柔らかい、魚料理はレトルトのほうが格段に楽、炊飯器の内蓋は定期的に洗ったほうがいい、とか、他にも色々……」

　百合子はまた温かい紅茶に浸したスプーンでチョコに触れながら、うなった。

「今回ふられたことでさ、料理を好きになりたいって気持ちがまた膨らんできたなら、別に来世じゃなくたって、料理を好きになればいいってわたしは思うけどな。優花って食べることは好きだし、素質はあると思うんだ」

「確かに食べるのは好きだけど」

「教室とかレシピ本じゃなくて、もっとラフなごはん作りを目指してみたら？　わたしだって普段はお米炊いて、何かを炒めたり煮たりとかするくらいだよ」

「何かってなに？」

「カット野菜とか、ちくわとかソーセージとか卵とか。何でもよ」

百合子は、怠惰なわたしを励まし続けてくれる。

「それに優花のお母さんって料理上手じゃなかった？　前に実家で、パウンドケーキを作ってくれたよね。お母さんが料理する姿を観察したり、一緒に作ってみたら？」

「実家を出るまで二十年弱、何も影響を受けなかったのに？　いまさら？」

「うん、相談してみたらいいよ」

力強く言われると、信じたくなってくるから不思議だ。

「優花、このチョコ溶かして、持ってきた食材でチョコレートフォンデュにしたらおいしいかも。やってみていい？」

百合子が、お湯を沸かすために立ち上がった。いちご、おせんべい、かりんとう、チーズちくわ、オイルサーディン、明太子。百合子が買ってきてくれたものを、とにかく何でも浸して食べた。チョコでコーティングされた明太子は口の中で幼虫みたいに佇んで、舌で押すとぷちりと内臓が弾《はじ》けるように感じ、わたしと百合子は笑い転げた。まずければまずいほど楽しくなれるわたしに、本当に料理が好きになることなどできるのか疑問だった。

例えば子守唄を歌うビブラートのかかった声、ハイヒールで階段を駆け上がる足音、お風呂上りに缶ビールを開ける音。「大人だけが出せる音」があると、子どものころ思っていた。母がキッチンで操っているこの音も、そのひとつだった。大人になれば自然と鳴らせるようになると思っていた。

包丁と木のまな板のぶつかる音が二階の部屋まで聞こえてくる。細かく、かつ規則的だ。母が玉ねぎかセロリを刻んでいるのだと思う。

百合子の励ましもむなしく、ベッドに潜り込むか、アイスと冷凍ピザを暴飲暴食するかの週末が続き、帰省する気がなかなか起きないまま過ぎた。今日は久々に外に出て、泣けると話題の映画をひとりで見に行くはずだったのだけれど、都心へ向かう電車に乗り込んでから急に思い立って行先を変えた。ターミナル駅で、埼玉方面へ向かう路線に乗り換えた。

一時間ほど揺られて最寄り駅に降り、ゆっくりと歩きながら住宅街へ向かう。父の車が停まっている横で母が、ちょうど植木の水やりをしていた。突然の帰省の事情は言うつもりがなかったが、お見通しだった。

「むくんだ顔して急に帰ってきたら、何があったかくらいすぐわかるわよ。どうせ先月のバレンタインにでもふられたりなんかしたんでしょう。突然来られても冷蔵庫に何もないわよ。連絡くらいしてよ。昔から、行動が単純すぎるのよ。でも今回は、髪は切らなかったのね。あなたってふられると、これみよがしにショートにしてたじゃない？あれ、ちょっと面白かったわね。ていうかあなた、何歳まで失恋するつもりよ、もう四捨五入したら三十になるじゃない。三十っていうとわたしのときはもう……」

太りにくい体質のためか、実際の年齢より若々しく見える母は、異常なまでにはきはきと早口で喋《しゃべ》る。玄関先での話が長引きそうだったので、早々に二階に避難することにした。母は階段を上るわたしに向かって声を張った。

「そういえば優花の部屋、改造しちゃったのよ。だって、近いのに滅多に帰って来ないんだもの。有効活用することにしたのよ。ベッドも捨てちゃったけど布団敷くスペースはあるから」

「改造って？」と踊り場で振り返ると、

「見てもらえればわかるわ」母は得意げに言った。

包丁の音が止む。しばらくすると、静寂の中で突然ドラが鳴ったみたいに、フライパンの熱が一気に飛ぶ音がした。少しずつボリュームが落ちていったあとで、もう一度、さっきより激しくドラが鳴る。トマト缶が投入されたのだろう。にんにくも使っているのかもしれない、いい香りが階段を昇ってきた。やっぱりそうだ、わたしの好きな、トマトカレーを作ってくれているらしい。母が言う「冷蔵庫に何もない」は、たいてい真実ではない。そう言っておいて毎回、人を喜ばせる料理を作れるのだから、わたしの冷蔵庫の「何もない」とは訳が違う。

それにしても。寝転がりながら見渡す。かつての自分の部屋は、母の書斎と化していた。窓際の勉強机はそのままだったが、二面の壁沿いには、新しい本棚が置かれて、中には料理本が並んでいた。今まではどこに収納していたのだろう。食にかんするエッセイや小説も紛れていて、わたしのクローゼット下段にあるのと同じ本も何冊かあった。父にもほんの一角スペースが与えられているようで、文庫の歴史小説が数冊差し込まれていた。

それにしても。本棚の中身はこれほど似ているのに、なぜ料理の腕前は似ないのだろう。

母は昔から料理上手だった。ずっと地元の郵便局で働いているが、わたしが小さいころから家族の食事を朝昼晩と用意していた。買ってきたお惣菜が加わることもあったけれど、高校生の時には毎朝お弁当を作ってくれたし、得意料理はパエリアとチキン南蛮という、わたしからすれば難易度最高レベルのもので、誕生日やクリスマスのケーキも母の手作りだった。とても大切に育ててもらったと思う。それなのに、どうしてひとり娘のわたしは料理が嫌いなのだろう。

鍋にはカレー粉も加えられたらしい。食欲をそそる香りが漂ってきて、やっと体を起こした。

「本棚、見た？　いいでしょう。どれでも借りて行っていいわよ」

母はレタスの葉を洗っていた。食材を扱いながら人とさりげない会話をするという行為が手品のように見えて、さっそく聞いた。

「ねえ、みりんって、何の意味があると思う」

「は？　みりん？　お酒と甘みを足すためでしょ」

「それだと料理酒と砂糖でいいよね。みりんじゃなくちゃいけない意味って？」

「照りを付ける、煮崩れを防ぐ、砂糖だけより複雑な甘みを出す、とか？」

ネット検索で知り得た理由と、ほぼ同じ答えだった。

「じゃあ必要不可欠という訳じゃなくて、さらに上を目指したい人は使うってことだよね。つまり、スタイルのいい子がヨガを習うみたいな感覚ってことでいい？」

「言ってる意味がよくわからないけど、そこまで考えて使ってないわよ。レシピにみりんって書いてあるからみりんを入れる、考えていても料理ができ上がる訳じゃないんだから、まず手を動かす、以上」

母が洗い終わった葉を水切り器に入れ、勢いよくハンドルを回し始める。わざわざ水切り器を使うなんて、無駄に洗い物を増やすだけの行為に思える。

「お母さんて、料理が昔から好きだったの」

「結婚して、あなたが生まれてからね、ちゃんとするようになったのは」

「家族のために料理を好きになろうと決めたの？」

そう聞くと母は手を止めてから、そういうことになるのかしらね、と声を落として言った。リビングでテレビを見ている父に聞かれるのは恥ずかしいと思っているのかもしれなかった。

「好きになりたいと思って好きになれるものなの？」

「好きじゃなくても、やらなくちゃ生きていけないことって、たくさんあるけど？　でもまあ、わたしは、料理は好きになったわね。あなたも大切な人ができたら変わるわよ、きっと」

言い終わると母は、手を洗って水道をきゅっと締めた。「大切な人」。沙代里さんも言っていた。カウンターのかごの中に林檎《りんご》が見えた。

「じゃあ、お母さんは例えば林檎の皮剝きは、いつからできた？」

「林檎は……中学生のころからかな。弟と妹によく剝いてあげてた」

中学生が林檎を剝けるとは。わたしはなんて甘えて生きているのだろう。

「決めた。わたしも、まずは林檎を剝けるようになる。お母さん、剝き方教えて」

言い切った途端、それまで一度も声を上げていなかった父が笑い出した。

「料理の、質問し出して、結婚したい彼でも、できたのかと聞き耳立ててたら……。まだ林檎も、剝けないのか」

よっぽどおかしかったらしく、笑いをこらえきれずに言葉は途切れ、テレビのリモコンも放り出されていた。

「お嫁に行くのは、まだまだ先か。よかったなあ、お母さん」

「お父さん、せっかく優花がやる気になってるのに」

母がぴしりと言ったが、

「林檎の、皮剝きって、誰に習わなくたって、お父さんでもやれるぞ、あー面白い」

父は笑い続けて、わたしは音を立ててリビングのドアを閉めた。料理をすぐ結婚と結びつけるなんて。父の世代ではそれがあたり前だったのだと突き付けられると、自分には結婚の資格がないように思えてくる。

夜の食卓は静かだった。林檎の話は誰も蒸し返さず、父はいつもの無口な父に戻っていた。わたしは二度、カレーをおかわりした。お風呂から出ると、部屋にはもう布団が敷かれていた。

料理本の背表紙を眺めながら、母が言った「大切な人ができたら変われる」という言葉について考えた。「料理は愛情」と同じくらい、よく聞く言葉だ。わたしはそのどちらも信じたくない。愛とか好きとか大切とか、そういう気持ちと料理を関連付けて考えること自体、もうしたくなかった。

その気持ちは、母に会うともっと強くなった。母からの真っ当な愛情を受けたのに、食や料理への正常な気持ちまでは育たなかったという事実を見てしまうからだ。わたしという結果からは、母までが疑われてしまう気がした。それは、違う。

両親はもう寝室に入っていた。なるべく足音を立てず階段を降り、キッチンを目指した。母がハーゲンダッツのカップアイスを買い置きするという小さな贅沢をするようになったことに、わたしはここ数回の帰省で気づいていた。

冷凍海老やミックスベジタブルをかき分ければあるはずのアイスが、だけれど今夜はひとつも見つからない。仕方なく冷蔵庫を探った。アイスクリームを求めていた口にヨーグルトはちょっと違うし、納豆は全然違う。

あきらめず辺りを見渡していると例の林檎と目が合った。また、気づいてしまう。アイスは、母が自分の贅沢のために常備しているのではないのかもしれないこと。娘が帰省するときだけ、買っていたのかもしれないことに。

愛情と食を結び付けたくないのに、でも。

一度、やってみてもいいかもしれない。言い聞かせて、果物ナイフを握った。ホッキョクグマの解体以来の刃物だった。勘で刺すと、明らかに皮ではない深さまでめり込んだ刃が、動かなくなった。この緊迫感は知っている、と思った。いつか見た時代劇の切腹だ。介錯人《かいしゃく》が失敗した切腹だ。首と腹から噴き出す温かい赤が周囲を汚す。男のうめき声が屋敷中に響き渡って――。

頭を左右に振って、刃を進めるほうを選んだ。硬くて冷たい手触りのあとで、包丁は自由になった。足元ににぶい音を立てて落ちたのは、皮というよりもひとかけらの林檎だった。手元に残ったほうをひと口かじり、落ちたほうも洗ってから食べた。おなかが満たされると気持ちが少しずつ澄んで、自分が帰省した理由を冷静に思い返した。

わたしは今日ここへ来て、何をした？　少々の質問を母にぶつけた。父の言葉にふてくされた。母の作った料理を食べた。沸かされたお風呂に浸かった。敷いてくれた布団に寝転がった。うじうじと考え事をした。それだけだった。だめだ、このままではだめだ。

部屋に戻って本棚を漁《あさ》り、料理本を次々開いた。気持ちが高ぶってきて、眠気が飛んでいった。これはみりんさえ買えば作れるかもしれないし、こっちのエスニック料理だって、センレックとやらを手に入れたらきっと――。

気づけば料理本に囲まれて寝ていて、外が明るくなり始めていた。頭が妙に冴えわたっている。父と母はまだ寝ているようだったので、かごから林檎をひとつ拝借し、かばんに入れたあと、簡単な置き手紙を残してそっと家を出た。明日から職場へ手作りのお弁当を持っていきたい。そのために、準備をしなければ。

日曜早朝の電車は空いていた。新しいスタートにふさわしい澄んだ空が窓から見え、今日こそはみりんを買うとその青に誓った。

ちょうど東京に入ったあたりで、母からのメッセージを受信した。

「手紙、読みました。それより、夜中に林檎剝いたでしょう。なんで包丁を流しに置きっぱなしにしたのですか。食べかけの林檎も、ラップくらいかけてほしかったです。何にせよ、やる気が出たのなら良いことです。あなたは母の推測どおり、ふられたんだと思うけど（おそらく料理が下手でふられたのでしょう）、そういうときが一番変われるチャンスなのですよ。あなたは単純なので、張り切りすぎないように気をつけてください。母より」

冷静に分析されていた。

大丈夫、大丈夫、今度のやる気はきっと続く。自分に言い聞かせていると、停車した駅から、サッカーのユニフォームを着た男子中学生が乗り込んできた。空気が途端に砂っぽくなり、向かいの窓は彼らの姿で遮られ、空が消えた。黙って立っているだけでもにぎやかな中学生たちは、ずっと降りなかった。

真っ暗なうちに目が覚め、携帯の画面を光らせる。初めてのお弁当作りに備え、余裕をもって六時に目覚ましをセットしたが、鳴るのはまだ四時間先だった。形から入る悪い癖が出て、ランチョンマットやお弁当箱、箸などの購入に予算と時間を取られたため、結局みりんは買わなかった。ランチグッズを買い揃えている最中は、多少わくわくしていたような気もするけれど今はもう、キッチンに立つことを思うと気が重い。

このまま朝が来なければいい、と思ったのが良くなかったのだろう。再び気がついたときには、遅かった。遠くで振動と電子音を幾度も感じていた気がするので、スヌーズ機能は正常に機能していたのだと思うが、時計は七時過ぎを表示している。真島さんのことを好きだという気持ちでは、早起きさえできないらしい。

しょうがないので、百合子が言っていたとおり「ラフ」な料理に切り替えることにする。初日のお弁当は、おにぎりだけにしよう。そう決めて炊飯器を開けたけれど、湯気は立ち上がらなかった。硬いままの米が沈んでいる。初めて使う予約機能の手順を間違えたらしい。

卵焼き、焼きウインナー、ゆでたブロッコリー、ミニトマト、うさぎ形に切る林檎。

昨日考えたごく簡単なメニューのうち、今から持っていけるものはミニトマトだけだった。パックごと前日に買った巾着袋《きんちゃく》に入れた。

日差しはあるけれど風が冷たい。コートの襟もとを押さえて歩道橋を駆け上がると、ヒールの靴音と揃って、ミニトマトがパックの中で跳ねる音がした。

同僚の岡ちゃんの外ランチの誘いを久々に断って、巾着袋をそっと開けてみる。ミニトマトは、ふてぶてしくも見える顔でそこにいた。給湯室で洗い、デスクでへたを取った。部長に「須田さん、ダイエットですか」と声を掛けられ、曖昧に笑う。ミニトマトだけではおなかに溜まらないので、隣のビルの一階のコンビニでソーセージパンを買ってきて食べた。

もう深夜に目を覚まさなくていいんだ、一晩中ぐっすり眠ることができるんだ――。

真島さんに別れを告げられたとき、その部分についてはほっとしたはずだった。

片思いのころから気まぐれにかかってきていた深夜の電話は、意識して起きて待っているなんていうことはしなかったけれど、いつからか、二時ごろになると目が覚めるようになっていた。習慣が染み付いた体は、ふられたことにまだ気づいていない。一度覚めるとなかなか寝付けず、三時が過ぎると、やっと眠れるような毎日だった。

真島さんが電話をかけてくるのは、たいてい深夜の蕎麦屋でひとりになったときか、そこを出て酔ったままふらふら歩いている間の暇つぶしだった。

わたしが片思いをしている間、真島さんには「本命じゃない彼女」と呼ぶ女性が通算六人はいた。何人か写真を見せてもらったが、みんなきれいだった。できては別れ、まただできては別れていた。たいていは「本命じゃない彼女」たちのほうから寄ってきて、去っていった。真島さんは「ほかに本命がいるって気づくからじゃないかな」と言っていたが、気づいて去ることができるなんてうらやましかった。

去年のクリスマス間際、またひとり「本命じゃない彼女」が真島さんに別れを告げた。深夜、わたしはおなじみの蕎麦屋に呼び出された。たぶん一時は過ぎていたと思う。

本命じゃない彼女にふられても傷付かないはずの真島さんだが、ふられるとお酒を大量に飲むことは毎回の儀式だった。

「あれ、どうしてそんなに鼻が赤いの」

真島さんはおそらくだいぶ飲み進めていたはずなのに、普段と同じ口調で聞いてきた。

「自転車で来たので。風が冷たくて」

「自転車？ うそでしょ」

わたしはこの蕎麦屋へ自転車で行ける距離まで、数ヵ月前に引っ越していた。電車が終わった時間でも、ここまで出て来られるようになったことに、真島さんはこの時まで気づいてさえいなかったのだ。通勤の乗り換えが面倒なうえに、家賃が高いエリアだったが、繁華街のゆるい坂道を、下ってくる酔っ払いに逆らって立ち漕ぎしながら真島さんのもとへ向かうのは気持ちがよかった。

「どうして引っ越しなんてしたの」

と聞かれたが、答えなかった。真島さんの向こう側のレジの横に盆栽があった。クリスマスツリーのように飾りつけされていて、てっぺんには金色の星があり、巻きつけられた赤と黄色の小さな光が点《つ》いたり消えたりしていた。それをぼんやり見ながら、

「こういうことを繰り返して、むなしくないんですか」

と聞いていた。恋愛に口出しするのは初めてだった。

「こういうことって?」

「好きな人がいるのに、他に彼女を作ること」

「全然むなしくはないよ。だって本命じゃない彼女たちのことも、毎回毎回、好きになりたいと思いながら付き合ってるから。沙代里さんより好きになれたらどんなにいいだろうって、どの彼女にも思ってる。そういうのを、むなしいとは呼びたくないよ」

聞いたあと、わたしは「本命じゃない彼女」に立候補していた。好きじゃなくても、好きになりたいと思ってもらえる。それでいいじゃないか、という気持ちになっていた。

「うん、いいよ」

真島さんは考え込むこともなく答えた。蕎麦屋を出ると真島さんは、わたしのまだ新しい自転車にまたがったが、

「飲酒運転になっちゃうか」

と、すぐ降りたので、わたしが押して歩いた。

「本命にはできないけど、本命じゃない彼女にはすることとか、もしくは逆とか、ありますか」

真島さんのアパートに、初めて向かっていた。わたしにとっては慣れていない行為なので、これから起きるかもしれないことについて覚悟を決めておこうと、そう質問をしてみたのだけれど、「特にないよ」と言われた。

私鉄の線路に沿って二駅分歩いて着いた。ベッドを見下ろすように、壁には色あせたホッキョクグマの親子のポスターがあった。途中のコンビニで買ってくれたあんまんを、ふたりで半分ずつ食べてから、色々とした。キスをするとき、真島さんが鼻からの息も止めるタイプだったことは意外だったけれど、本命にはできないようなことは、されなかった。

真島さんが先にバスルームへ行ってしまうと、枕の下から紙のカバーのかかった本がはみ出ていることに気づいた。

「これ、何の本ですか」

戻ってから聞くと、真島さんは髪をタオルでわさわさとふいたあとで、ためらいなくカバーを外してくれた。『誰とでも話が続く100の方法』という自己啓発書だったので、何と言えばよいのか迷ったが、真島さんはこちらを気にすることなく、ミニサイズの冷蔵庫の扉を開けた。中に何冊かの本が重なっているのが見えて、ぎょっとした。真島さんはそこには触れず、手前の炭酸水のペットボトルを取ると、喉を鳴らして飲み始めた。

「真島さん、冷蔵庫に本を入れてるんですか」

「そうだけど」

真島さんはキャップを閉めながら言った。

「空いてるスペースもったいないでしょ」

「……もう一回、見ていいですか」

別にいいけど、と言われたので、開けた。中身は炭酸水と本だけだった。一番上の本のタイトルは『使える！　嫌われない会話術』だった。

「そういう系、なんか買っちゃうんだよね」

真島さんは冷蔵庫の奥に手を入れ、『ビジネスマンが問われるセンス77』を取り出して渡してきた。表紙が冷たかった。

「一冊あげる」

「いえ、大丈夫です」

「そう。色んなとこに収納してるけど、すぐ溜まるから。年に一回、神社で燃やしてもらってんの。お焚き上げっていうやつ？　近くで、やってくれるところがあるんだよね」

真島さんは何てことないように言った。

「お焚き上げって、本もやってくれるんですか」

「うん、そこはね。神主判断で」

冷蔵庫を閉めたあと「こういうの、沙代里さんには絶対言えないか」と、真島さんはつぶやいた。

「本命にはできないこと、ありましたね」と告げると、「ほんとだ」と感心したように言っていた。


年が明けて一週間ほど経って、真島さんが毎年行っているという神社のお焚き上げについて行った。

「真島さんは、帰省しなかったんですか」

「しないよ、いつも」

「ご実家、都内でしたっけ」

「教えない」

神社は、地元に根付いているといった風情で、真島さんは、二重にした紙袋に詰め込んだ自己啓発書を持ってきた。

「お願いします」

「ああ、はいはい」

顔なじみらしい神主は一層腰を曲げて紙袋を受け取ると、これといった余韻もなく一冊ずつ火柱の中心へ放り投げていった。盛大で神聖な儀式を想像していたが、数人の老人が暖を取りがてらたむろしているだけで、焼き芋でも作っているような雰囲気だった。

「どんな気持ちなんですか」

燃える本を見ながら聞いてみた。

「また今年も同じような本を買うんだろうなという気持ちだよ」

炎に包まれるだるまと目が合って、なかなかそらせなかった。

今思えば、あの火を見た帰り道、もうすでに悲しかった。あのときの悲しさの正体を、長らくちゃんとわかっていなかったけれど、今はわかる。「好きになりたい」と「好き」の間にある距離を、わたしも真島さんも本当は知っていた。

付き合っている間、週に一度くらいの間隔で家に真島さんを招待し、料理を振舞った。別に頼まれたわけではなかったが、料理教室に通った成果を発揮するときがついにきた、と思った。しかし真島さんのためにと思っても面倒くさいという気持ちに変わりはなく、好みやリクエストに応えるような余裕もなかった。でき上がったのは、玉ねぎ臭いカレー、茶色いホワイトシチュー、最終的に具だくさんの卵焼きになったお好み焼きなどだった。教室では上手くできたオムライスも、どうしてかお米がねっとりしていて、失敗に終わった。

副菜が思いつかないことは、予想外のつまずきだった。茶色いホワイトシチューのときが最も悩んだ。シチューなど実家で何度も食べてきたはずなのに、そのとき出てきた副菜を具体的にはひとつも思い出せない。コンビニで買った「洗わず使える」というのが売りの袋入り生野菜を皿に盛りつけて出すと、真島さんには「ああ、これあそこのコンビニの」とすぐにばれた。

「こういうオーソドックスなメニューでも、失敗する人は失敗するんだね」

というのが、真島さんの総括だった。自分でも、まさかカレーライスを失敗するとは思わなかった。料理雑誌の「男のカレー特集」に、玉ねぎを飴色になるまでしっかり炒めるのがコツだと書いてあったからやってみたのに、何かを間違えたようだった。真島さんは玉ねぎ臭を紛らわせるためか、白米の部分にマヨネーズをかけて食べた。

お好み焼きを作った翌週は、めずらしく真島さんのほうから誘われた。「きみがお好み焼きだと思っているものは、たぶんお好み焼きじゃないよ」と言われ、お好み焼き屋に連れて行かれたのだった。プロが目の前で焼いてくれるさまを、ふたり無言で見続けた。

そうして、お焚き上げから約ひと月で、真島さんはわたしを好きになろうとすることをやめてしまった。

お弁当生活三日目からは、早くも寝坊に落ち込むこともなくなっていた。ミニトマトを持っていくという行為だってお弁当作りの一環だろう、という意識改革まで起きていた。岡ちゃんも、わたしがダイエットをしていると思い込んでいる。実際はコンビニの菓子パンもプラスしているので、ダイエット効果は期待できない。

ミニトマトの、薄いのに硬さのある皮が口の中で破れる。青臭さと酸っぱさとが混じったものを飲み込みながら、真島さんに「毎日お弁当を作ってほしい」と言われたら、わたしは早起きができるんだろうかと想像してみる。今と同じように、ミニトマトだけ持たせるのかもしれないとも思う。

「須田さん、ミニトマトダイエットすか」

金曜になって、めずらしく坂間《さかま》くんにも話しかけられた。フロアの端にいる内装設計チームの一員の彼は、一年だけ後輩にあたる。社内で顔を合わせることも多いが、特に親しいわけではなかった。

「これ一応、お弁当ですけど」

「あっ須田さん、へたを取っただけのトマトも料理と考える派すか」

毒にも薬にもならないような薄い顔をスクエアタイプのめがねでごまかしているくせに、痛いところを突いてくるのが坂間くんだ。

「だってみんな、市販のチョコを溶かして形を変えて固めただけのものを、手作りチョコだって言ってるでしょ。だったらへたを取ったトマトだって手作り弁当でしょうよ」

「はあ、そすか」

そっけない返答が物足りず、

「そういえば坂間くんってお昼食べてる？　坂間くんが何かを食べているイメージ、あまりないけど」

と聞いてみた。

「食べてますよ。林檎とカロリーメイトチーズ味」

「毎日？」

「はい」

「だからそんなに痩せてるんだ」

彼の無駄な肉が付いていないあごと、細長い首のあたりを、じっと見上げてしまう。ほぼ毎日、白シャツに細身の黒いジーンズという装いで、それが遠目では高校生の制服に見えるときさえある。

「昼は、カロリーが摂取できて、おなかに入ればいいっていうか。そういう感じす」

「へえ。自炊もしない？」

「はい、複雑なものはしませんね」

「たまには手料理を食べたいなとか思わない？」

「思いますけど」

「そういうときはどうするの？　あ、お母さんが来てくれる？」

「ばかにしてますか。須田さんは、ミニトマトのへたを取るのも料理だと考えている派なんすよね？　僕も同じすよ、手料理の定義。アメリカとか、オーブンで何でもかんでも焼いただけで『料理したぜ！』みたいな姿勢じゃないすか。だから皮剝いた林檎も料理だと思ってますよ」

坂間くんは、はぁっとため息をついてから続けた。

「しかし日本人の自炊信仰、手料理信仰？　これって何なんすかね。ほかのアジア圏の屋台文化をもっと取り入れるべきですよ」

「坂間くんて帰国子女だっけ」

「いえ。でも僕に言わせれば、日本人はみんな、自分を過信しすぎなんですよ。自分が作ってあげた料理が他人にとって一番いいものだって、どうしてあんなに信じられるんですかね。もっとプロを信じろって思いますよ。自分ら素人が作るものより、レトルトだろうがお惣菜だろうが、プロの作ったもののほうが、僕は何倍も信頼できますよ。身体に良くないって言う人がいますけど、なにも毒が入ってるわけじゃないんですから。煙草や酒のほうがずっと毒だって僕は考えますね」

相づちを打つ隙もない。

「そもそも、この世に手作りじゃないものなんて、ないんすよ。どんな食べ物だって元をたどれば、誰かが必ず手作りしているから存在しているんです。それを温かみがないとか、心がこもっていないとか、よく言えますよね。心どころか、プロの、プロの魂がこもっているんですすよ！」

これだけ熱く語る坂間くんを見たのも、自分で気づかぬうちにスタンディングオベーションをしたのも、初めてだった。坂間くんが一歩あとずさり、デスクに残っていた人たちが振り返っていたので座った。

尊敬に似た気持ちと、やっと仲間を発見できたような感激が混じり合って、思わず彼の肩をつかんでいた。骨に直接触れたような硬さだった。

「坂間くん、今日、飲みに行きませんか」

「はい？」

「今夜。何か予定ありますか」

「ないですけど……じゃあ、すぐそこの鳥貴族でいいすか」

と彼は、近くの焼き鳥チェーンを指定した。

わたしのほうが予定外の雑務に追われ、到着が三十分遅れた。雑居ビル五階にある鳥貴族に入ると、坂間くんはお代わりし放題のキャベツを食べていた。めがねが少し、曇っている。口元だけをもそもそ動かす食べ方と、白くてひょろりとした姿は遠目から見るとヤギのようだった。店のロゴの陽気な赤と黄色に、坂間くんは馴染んでいなかった。週末だけあって店内は混み合い、酔いが回った人たちの笑い声と鶏の焼ける煙、アルコールの匂いが充満している。

「遅くなってすみません」

「あ、須田さん、僕は九時には帰りたいんですけど、いいですか」

わたしが着席するなり、坂間くんが言った。あと三十分ほどしかなかった。

「いいけど。何か予定入った？」

「今週配信されたアレ、見ないといけませんでした。今週、神回らしいす」

「ああ、アレ」

若者中心に人気がある、ネット配信のリアリティー番組だ。他人同士の十代から七十代の男女七人が、疑似家族のようにひとつ屋根の下で暮らす様子を映し出す。

「さっきネットニュース見ちゃったんですけど、七十二歳のシゲさんが家出したらしくて」

「へえ」

配信スタートから五年近く経ち、疑似家族のメンバーも刻々と入れ替わっているようだけれど、今でも熱心なファンが多いらしい。坂間くんはその番組名を言うのがなぜか恥ずかしいようで、いつも「アレ」と言う。

彼がアレの長年のファンだということは、社内中で知られている。一度、出演者オーディションを受けに行くために有休をとったからだ。みんなの予想どおり、坂間くんは落選した。

週一で火曜日の配信らしいのだが、坂間くんは雑念に紛らわされず集中して見たいという理由で、週末まで見るのを我慢している。ほかにもいる社内の愛好者数人が、「坂間の前でネタバレすると怒られるから気をつけろ」と話していたのを聞いたことがあった。

別に今日じゃなくても土日に見ればいいのに、と思ったが、言わなかった。

「お昼、林檎とカロリーメイトだけで、おなかすくでしょう」

「そうでもないすよ。それに、会社以外では食べますし」

「そうなの？　会社以外でもカロリーメイト食べるの？」

「いえ、家の近所に、すき家も吉野家もオリジン弁当も松屋も銀だこもココイチも大戸屋もモスもマックもケンタもサブウェイもあるんで。選び放題す。腹減ってない日は、買わないことも多々ありますけど」

　坂間くんがチェーン店の名前を次々と挙げたので、わたしの心は弾んだ。

「えっ、何そのユートピア。めちゃくちゃいいところに住んでるんだね。じゃあ坂間くんて、食べることが嫌いなわけではないんだ」

「そすね。食べてるところを他人に見られるのが得意じゃないっていうのはあるかもしれないすけど」

「なんで。アレのオーディションに受かったら、食事シーンも撮られるし、全世界に配信されるんじゃない」

「そこまで現実的に考えてなかったすね」

　ネギまのタレと塩が五本ずつ到着したが、坂間くんはめがねの奥の目を伏せて、相変わらずキャベツだけを食べ続けている。彼の食べているキャベツは味がしなそうに見える。

「なんか、夢中で食事をしてる姿を見られるのって、ものすごく恥ずかしくないですか。人間の三大欲求って、性欲・食欲・睡眠欲じゃないですか。ほかふたつのときの顔は、ほとんど恋人にしか見られないのに、どうして食事中の顔だけ他人に見せなきゃならないんだって思うんすよね。動物的本能に基づいた、恥ずかしい顔じゃないですか」

「そこまで考えてる人、いないと思うけど」

わたしは気にせずタレのほうから口に入れた。仕切り越しの席からは、乾杯の声が聞こえた。

「そうすかね。子どものころから、親に食事を見られるのも嫌いだったんで。別に虐待とかされてたわけでもないのに、何でかなと不思議に思って分析した結果、こういうことかなと」

「坂間くんって面倒くさいね。彼女とかいたことある？」

思わず聞くと、坂間くんはむっとした声で「ありますよ」とだけ答えた。

「料理は上手だった？」

「上手い下手って、よくわからないす」

「じゃあさ、外見と性格がまったく同じ双子の女の子がいたとします。ひとりが料理上手、もうひとりが料理下手だったら？　どっちを選ぶ？」

「どういう質問すか、それ。須田さんも面倒くさい人すね。そんなの、どっちでもいいに決まってるじゃないですか。外見と性格一緒だったら、もう同じ人でしょう」

「じゃあ質問を少し変えるね。ひとりが料理好き、もうひとりが料理嫌いだったら？」

「どっちでもいいです。食事くらい自分で、自分の好きなものを調達させてほしいす」

坂間くんは心底どうでもよさそうに言った。そういう考え方もあるのかと、坂間くんの「どっちでもいい」を反芻《はんすう》した。

「須田さんてもしかして、炊事洗濯は女性がやらなきゃ、とか思っちゃってる派ですか。古いっすね。生きた化石ですね」

「そういう訳じゃないよ。ただ、好きになった人がたまたま〝料理上手な人が好き〟っていうタイプだったから。理想に近づきたいとは思うよね」

「そうか須田さんは、料理が下手でふられたんすか」

坂間くんがこちらを見てにやりとしたが、「すみません」とすぐに伏し目に戻る。

「料理が下手っていうか、下手以上に嫌いなんだと思う。まあ、下手でもあるけど」

「そすか」

「下手より嫌いのほうがたち悪いよね。料理が嫌いって、生まれたての子パンダが嫌いっていうのと同じぐらい、人として大切な何かが欠けてる感じ」

アルコールが入っているからか、妙に落ち込んだ声が出てしまった。坂間くんは少し考えてから言った。

「ちゃんと人間を好きになれて、その人のために変わりたいって思えるって、僕からしたらうらやましいですよ。別に料理を好きになる必要もないと思いますけど、でもまあ、好きになりたいと思ってるなら、ただ嫌いよりはましなんじゃないすかね」

「まし……」

「はい、僕なんて人間を好きになりたくて、アレと『のど自慢』を毎週欠かさず見てますからね。そういう努力？　してるだけ嫌いよりはましって、思いたいですよ。ましって、いい言葉すよ。唱えると僕でも明るい気持ちになれますよ」

と、全然明るくない顔で付け足す。山盛りだったキャベツはいつの間にか空になっていた。

「あと生まれたての子パンダ、僕は好きじゃないすよ。すぐ死んじゃいそうじゃないすか、見てらんないすよ」

坂間くんはほぼキャベツしか食べなかったので、わたしが払うと申し出たのだが、坂間くんは一円単位で割り勘にした。狭いエレベーターでふたりになると気まずい沈黙が降りたので、

「この前、林檎の皮を剝いてみたんだけどね、あれって切腹を思い出すよね」

と言ってみた。

「は、切腹？　やっぱり須田さんは面倒くさい人すね。妄想にカロリー使いすぎですよ。だから食べるわりに太らないいんすか」

「じゃあ普通は林檎の皮を剝くとき、どういうことを考えるの。だいたい、坂間くんって林檎剝けるの？」

「僕は林檎の皮もピーラーで剝いてるんで。何かを考える隙もないす」

「うそ、ピーラー壊れない？」

百円で買った家にあるピーラーを思い浮かべて聞いた。

「全然いけますよ、最近のピーラー、見くびらないほうがいいすよ」

「そうなんだ、でもそこまでしてなんで林檎を」

「あー、林檎は、うちのハムスターが好きなんです。でも皮剝かないと、メスのほうの食いつき悪くなるんで。面倒くさいすけど」

気の抜けた電子音が鳴り、エレベーターの扉が開く。

「生まれたての子パンダより、ハムスターのほうが生命力ありますよ」

坂間くんは、じゃあ僕こっちなんで、と駅の方向へ坂を上って行った。寒さがやわらぎ始めていることに、坂間くんのシンプルな黒いダウンの後ろ姿を見ながら気づいた。わたしが向かうのも同じ駅なのだが、似たようなサラリーマンの背中に彼が紛れていくのを黙って見送った。

家の最寄りのスーパーでは、やっとホワイトデーの特設売り場が撤去されていた。キッチン雑貨の棚から、七百円のピーラーを見つけ出して買って帰った。

部屋のテーブルに載せっぱなしにしていた林檎を手に取った。実家から拝借してきたものだが、表面の赤は、まだぴかぴかとしている。ピーラーの真新しい刃を添わせた。下に引くと、包丁でやった時よりはるかに薄い皮が落ちた。力はほとんど必要なかった。林檎自身、あっけなさに驚いているように見えた。刃を添わせて引く、刃を添わせて引く。一周分、繰り返していく。

わたしはやはり単純で、これだけで自分が弦楽器の奏者になったように錯覚する。唾液腺をきゅっとさせる音を、林檎が奏でている。これは真島さんの言う雑踏なんかではなく、音楽の一部になるだろうか。

来週、坂間くんにハムスターの名前も聞いてみようと考えながら、裸になった林檎をかじった。

2 春、腹黒いミイラを干す

す。

枕元の地球儀は真島さんからもらった唯一のプレゼントで、深夜になると存在感を増

「生まれて初めて地球儀を見たとき、すごくがっかりしたんだけど」

出会ったばかりのころ、真島さんは言った。わたしたちは巨大なホームセンター兼雑貨チェーン店の最上階にいた。別れ話をされたのと同じ駅のそばにあった。わたしから誘った映画のチケットが完売で途方に暮れていると、真島さんは「じゃあ、東急ハンズ見よう」と言い出したのだった。階段を使って各フロアを歩き回り、最上階に続く階段の途中、ふと腕時計を見た真島さんは「まだこんな時間か」とつぶやき、ふうと息をついてから最後まで登り切って、

「生まれて初めて地球儀を見たとき、すごくがっかりしたんだけど」

と、言ったのだった。

「世界って、もっと広いと思ってたから。今も似た気持ちだな」

「世界地図を初めて見たとき、わたしもがっかりしましたよ」

例えば「今日は暖かいですね」に「そうですね」と応じるのと同じような感覚で、そ

う答えたが、真島さんは「ほんと？」と驚いた。

「はい。狭いなって拍子抜けしましたよ」

「初めて会った、同じ人に」

そばに陳列されていたレターセットに触れながら、真島さんは言った。

その会話は彼のほうでも覚えていたみたいで、付き合うことになって数日後、「遅くなったけどクリスマスプレゼント」と言って、東急ハンズの袋に入った地球儀を持って来たのだった。

午前二時に目が覚めると、地球儀に見下ろされながら、ベッドの中でスマートフォンを操り、フリマアプリでバンドTシャツの出品をチェックする。まだ眠れなければ、通販サイトでピーラーを物色する。それが習慣になりつつあった。

ちまたには様々なピーラーがあふれていた。キャベツの千切りができるもの、お肉のすじ取り専用、アボカド専用、トマト専用、魚類専用、にんにく専用、とうもろこし専用、蟹専用――。坂間くんから林檎はピーラーで剝けると聞かされなければ、きっと知らなかったものばかりだ。

「林檎剝けたよ、ピーラーで。教えてくれてありがとう」

あのあと職場で坂間くんにそう伝え、その流れで飼っているハムスターの名前を聞いた。坂間くんは「言いたくありません」と渋ったあと、リンゴとスターだと教えてくれた。

「ハムスターのつがいを飼ったら、そう名づけるのが中二のときから夢だったんすよ」と言い訳のように付け足した。オスとメス、どっちがリンゴかと聞いたら、「皮を剝かないと林檎を食べてくれないほうです」と言った。

通販サイトには、各ピーラーの使い方を紹介する動画があり、温かなベッドの中でそれらを再生していくと、ささくれだった心の表面だけが削《そ》がれて、きれいな中身が現れてくるような心地がし、やがてすとんと眠れることもあるのだった。

今夜は、毎年恒例の百合子とのお花見に向けて何かひとつ、新しいピーラーを購入しようと思っていた。

動画をひとつずつ再生し、時間をかけて吟味しているうちに、ベジヌードル専用ピーラーに出会った。大根、にんじん、きゅうりなどを専用ピーラーで細長い麺にし、パスタのようにして食べるものを、ベジヌードルというらしい。なんとなくおしゃれだし、これならわたしにも作れる。購入に進んで、クレジットカードの番号を入力した。

この時点で三時を回っていたけれど、眠気が訪れる気配はなかった。ベジヌードルの動画を見たからか、おなかは麺状のものを欲していた。カップ麺のストックはあっただろうかと考えていたら、真島さんとよく行った蕎麦屋のことが浮かんだ。真島さんの家の近くのその蕎麦屋は、午前五時まで開いていて、ひとりで飲んでいる酔っ払いがいれば若いカップルもいる、居酒屋のような店だった。真島さんの行きつけは、わたしの知る限りそこだけだった。思えば一緒に行った飲食店はそことファミリーレストランに、お好み焼き屋だけだ。

真島さんは、ださい。

ロックでしょ、というセリフをよく使う。そのセリフのださはさて置き、ロックロック言うわりにわたしが着ているライブTシャツのバンドはどれも知らなかった。誰でも知っているようなメジャーな邦楽バンドばかり好きで、洋楽には疎《うと》かった。すでに表に出ている流行を追うのは好きだが、まだ世に出ていない良いものを自分で見つけに行くということはしないタイプのようだった。

百合子はいつか、「真島さんって何であの代理店に就職できたんだろうね」と言っていた。たしかにあの業界は、流行最先端を行く人が多いイメージがあるから、百合子の意見は納得だった。三十分も話せば真島さんがそういうタイプではないことが分かる。

「面接の時間が三十分以下だったのかも」とも百合子は言った。

真島さんのインスタグラムには、空や夜景や道端の花の写真に、今のBGMは○○、という文が添えてあるのがお決まりだった。その写真も音楽の選択も、けっこうださかった。そのださが蕎麦屋と一緒に思い出されて、約二ヵ月ぶりに見たくなってしまった。何の栄養にもならないのに欲しくなる、夜中のカップ麺みたいなださ。わたしはそういうものに惹かれるのかもしれない。

気づけば、覚えていたアカウント名を入力し、検索していた。眩しい画面を操作する指が止まったのは、求めていたのと違う種類のださが現れたからだった。

最初は、別人にアカウントを乗っ取られたのではと思った。並んでいたのがどれも食卓の写真だったからだ。北欧柄のランチョンマットに並ぶ料理の数々は、料理研究家のインスタグラムだと言われても納得できる雰囲気だった。空や夜景の投稿は、ごっそり削除されていた。最近のものから恐る恐る指の先を合わせる。

白米、お味噌汁、ハンバーグ、カラフルな葉物のサラダ、もう一品はちくわ入りの、名前は知らない副菜。「人生最高のハンバーグだった　#マシメシ　#サヨメシ　#マジウマシ」。

次の一枚は、目玉焼きをのせたナポリタン、ポトフ。「隠し味は教えてくれませんでした　#愛情って言ってほしかったよ　#マシメシ　#サヨメシ　#マジウマシ」。

白米、回鍋肉《ホイコーロー》らしい炒め物、何かを春巻の皮で細長く包んだもの、わかめスープ。「王将かっ！　#王将じゃないよマシメシだよ　#サヨメシだよ　#マジウマシだよ」。

焼いた魚、大根おろし、赤い何かがのった冷ややっこ、ほうれん草の和え物、お味噌汁。「生徒さんにも好評だったメニューらしい　#マシメシ　#サヨメシ　#マジウマシ」。

鳥肌が立った。ピーラーでわずかに育ちつつあった料理への前向きさが、急速に消えていく。マシメシ、サヨメシというはしゃいだ造語は、沙代里さんが真島さんに作ったごはんのことを表しているようだった。

食器の並びや盛り付けは整って見えるが、食材に特別お金がかかっているわけでも、調理に気合いを入れたわけでもなさそうな日常的な献立は、沙代里さんが「真島さんの彼女」になったという、いまいち信じられていなかった現実を、勢いよくぶつけてきた。血の気が引くような感覚の後で、怒りに似た感情が一緒にやってきた。

確かにおいしそうではある。けれど、自分で作ったわけでもなければ、珍しいわけでもない家庭料理を、写真に撮って投稿することに、一体何の意味があるのだろう。おそらく真島さんは、母親が作った食事だったらわざわざ公開しないだろう。わたしが作った料理だって、撮影してさえいなかった。

これはもしかして、「料理上手な女性にこんなに愛されている真島」を他人に知らせるための写真なんだろうか。家族や友人に作った手料理を逐一写真に撮って公開するタレントがいるけれど、実のところ彼らも「わたしはこんなに他人を愛せる素敵な人間です」と暗にアピールしているのだろうか——。意地の悪いことばかり浮かんでくる。そういう部分は、ピーラー動画でせっせと除去してきたのに。

瞬く間に汚れていく心を、もうひと剝きしたかった。注文したばかりのベジヌードル専用ピーラーの動画を見返してみたが、剝いても剝いても、だめだった。恋人にプレゼントされたアクセサリーやバッグを自慢すれば白い目で見られるのに、料理なら許されるのはどうして? 合コンで宝石やブランドものに興味がないと言えば好印象なのに、料理に興味がないとは堂々と言ってはいけない雰囲気なのはどうして?

ぷっつり何かが切れた。もう真島さんのことも料理のことも、考えないで済むようになりたかった。午前二時に目覚めたくない。料理が得意な人のことを、憎みたいわけじゃない。

「料理できる男の人、紹介してほしいです」

時間を考えず百合子にメッセージを送った。


窓を開けてみると、空がくすんだ水色に染まっていた。ちょうどよく柔らかい風が吹いている。これくらいなら、夜になっても肌寒くはならないだろう。まもなく百合子がやってきて、ふたりで料理をしてから出かけることになっている。予定通りわたしはベジヌードルを担当する。百合子は鶏のからあげと、ほかにも一品作ると言っていた。

料理ができる男性を、百合子は軽々と見つけてきた。日取りも、百合子に任せるとスムーズに決まった。ちょうど桜が咲き始めたので、夜桜見物も兼ねることとなった。

インターホンが鳴り、ベジヌードル専用ピーラーを持ったまま出迎えると、百合子は大きなマスクで顔の半分を隠していた。今シーズンから急に花粉症になったと言う。

「ごめん、鼻づまりで頭が働かなくって。作るの、からあげだけでもいい？」

鼻声の百合子が、手に提《さ》げていたクーラーバッグから大きなジップロックを取り出した。カット済みの鶏肉が大量に入っていた。

「切ってきてくれたんだ、ありがとう」

「だって優花、生肉触るの大嫌いだって前言ってたから」

「さすが。わたし、百合子も百合子のからあげも大好きだよ」

「じゃあ、そんなに難しくないから見て覚えて。いつも使ってる市販の味付きからあげ粉も持ってきたから。あとね、今日来る自称・料理男子たち、太郎さんの職場の人らしいんだけど、彼らも料理作ってきてくれるって」

太郎さんは、百合子の大学時代からの彼だ。メニューが増えるのも、単純にうれしかった。

「本当にありがとう、百合子」

「でもさ、太郎さんが連れてくる人たち、ちょっとだけ不安なんだよね。インドカレーオタクと干物マニアって、それって本当に料理男子なのかな。男の人って、気合いの入った特定のメニューを一品作れるだけで料理男子を名乗る傾向あるからさ」

「ああ、あるある。日常的な三食をぱぱっと作れるようになってから名乗ってほしいものだよね」

自分を棚に上げて賛同した。

「ね。でも太郎さんの知り合いなら、きっと悪い人ではないと思うから」

コンロはひと口しかないが、火を使うのはからあげだけになったので十分だった。我が家の数少ない鍋類の中には、ちょうどよいものがなかったらしく、百合子は「じゃあ揚げ焼きにするね」と判断を下す。ジップロックに直接、味付きのからあげ粉を振り入れて、揉み始めた。覚悟していた困難――鶏肉をカットしたり脂身を取ったり、トレイの処理をしたり、生肉に触れたまな板、包丁、手を念入りに洗って消毒したり、調味料を配合して下味を付けたり、という作業――がすべてすっ飛ばされて、拍子抜けした。

「この粉、いいね」と感心しながら言うと、

「あのね、夏になったらわたしと太郎さん、同棲するんだ」

手を止めず突然、百合子が切り出した。

「太郎さんの部屋広いから、そっちに一緒に住んで、もう少しお金を貯めたら正式に籍を入れて挙式しようってことになってる」

「えっそうなんだ、おめでとう、おめでとう」

「ありがとう。同棲したらこの市販の味付きからあげ粉、使えなくなるのかなって、今考えちゃった」

「こういうの使うの、嫌がる人がいるっていうのは聞いたことあるけど。太郎さんは大丈夫じゃない？」

「そうかな。最近ネットで、『こういうの使ったら夫に文句言われた』っていう記事、見ちゃったんだよね」

「これくらいで文句言うような男だったら、結婚やめたほうがいいよ。でも、きっと大丈夫だよ、太郎さんなら」

「そうかな」

百合子はいつになく力なく微笑んだ。これがマリッジブルーというやつなんだろうか。

「優花は、真島さんと結婚したかった？　あの人こそ、こういうの嫌がりそうだけど」

「したいかしたくないかで言えば、したかったけど」

　言われてみれば、上手く想像できなかった。現実的に考えたことは、なかったのだ。料理と愛情を結び付けたくないのに、心の奥底で、父と同じように結婚と料理とをどうしてもセットにしてしまうから、考えることからも無意識に逃げていたのかもしれない。黙っていると、

「じゃあ次、優花、揉んでみて」

　ジップロックを手渡される。冷たいのに、明らかに生命の名残りを感じる。夏祭りの金魚が入ったビニールに似た感触だった。ちょっと力を入れるとすぐに形を変え、自分の心臓がくすぐられているような気持ちがしてくる。無意識に顔をゆがませていたらしく、それを見て百合子が噴き出した。

　いつの間にかフライパンには数ミリの油が引かれていた。百合子は見た目で油の温度を予想しているらしく、「もう入れてみて」と促されたが、油跳ねが怖いので遠慮した。やっと手が解放される。百合子は鶏肉を菜箸でひとつずつ、優しく油に入れていった。

　炭酸水を注いだ時のような音と一緒に鳥貴族に似た匂いが立ち上がってくる。

「そういえば最近、会社にミニトマトとキャベツ盛りをお弁当として持って行ってるんだ。鳥貴族のキャベツ、知ってる？　あれ、まねしてるの。簡単よ。キャベツちぎるだけだから」

「へー、やるね。優花にしては」

油が弾ける音の輪郭がだんだんはっきりしてくる。

そういえば、真島さんと初めて会ったのも桜の下で、そのときもわたしは、百合子のからあげを食べていたのだったと思い出す。

真島さんは、太郎さんが学生時代に入っていたマンドリンサークルの先輩だ。三年前の春、わたしと百合子がいる近くの公園で、彼らもお花見をしていることがわかって、合流したのだった。マイマンドリンを担いだ男の人が遅れてやって来て、それが真島さんだった。

盛り上がっている輪の横でぽろぽろと弾いていて、変な人だと思った。トレンチコートを着て、探検隊のようなカーキ色のハットを被っていたので、どこかスナフキンに似ていた。その公園は、楽器演奏が禁止されていたらしい。アルバイトのような若い警備員に、真島さんは注意されていた。落ちる花びらの中で、帽子を脱いでから照れくさそうに頭を下げる真島さんを見ていたのはわたしだけだった。顔を上げたとき、目が合った。

「そのTシャツ、どっかのバンドのライブT?」

帽子を被り直した真島さんが指差して聞いてきた。わたしも輪を抜けて真島さんの隣に座ると、真島さんが息をつめる感じが伝わってきて、見た目によらず慣れない人に対して緊張しやすい人なんだろうかと思った。

「いえ、このバンド知らないんです」

「じゃあ恋人の影響とか」

「違います、ただマイナーバンドのライブTシャツが好きなだけです」

「へえ。ロックだな、逆に」

そこでわたしのことを、同志と判断したようだった。

真島さんは、自分で食べるためにコンビニのあんまんをひとつだけ買ってきていて、百合子の作ってきたからあげばかり食べていたわたしに、半分くれた。

「コンビニにあんまんがあるうちは、俺はまだ冬だと思ってる。桜を見ながら、冬を感じる。ロックでしょ」

と真島さんは言った。

「はあ、ロックですか」

「同じ理由で、真夏に見るホッキョクグマも好きなんだ。あいつら、本来いるべきじゃない太陽の下で、なんてことない顔して飼育員に渡された氷を舐《な》めたりしてるから。すごいロックな存在っしょ」

その「っしょ」の言い方が、とてもださくて、好ましく思った。

「俺、夏生まれだから、誕生日には毎年ひとりでホッキョクグマを見に行くんだ。夏の動物園のホッキョクグマが、一番好きな生き物なんだ」

今思い出しても、「っしょ」のところで笑いそうになる。百合子がしてくれている火色が付いている。

加減や揚げ時間の説明は、右から左に抜けていた。気づけば、からあげにはそれらしい

「まさかこの家、キッチンペーパーもないなんて。まずはキッチンペーパーを買うことから始めたらいいよ」

百合子は皿に取り上げながら、初歩的なアドバイスをくれる。

「キッチンペーパーはないけど、ジップロックならあるよ。スマホをお風呂に持って入るときに使うんだ」

「キッチンペーパーとジップロックは、まったくの別物よ」

ベジヌードル作りは、からあげに比べれば遊びのようなものだった。長さがあるぶん、大根が最も気持ちよい音を出せた。百合子もピーラーを引く感覚が癖になったみたいで、ほとんど彼女がやってしまった。弾むようにみずみずしいベジヌードルが、大きなボウルから溢れるほどにできた。そのままラップをかけて持って行くことにした。

「何でも大量にできちゃうっていうのも、料理苦手あるあるだよね」

と百合子は言い、冷めてきたからあげを持参したタッパーに手際よく詰めた。駅前のスーパーで、ベジヌードルにかけるドレッシングを買ってから、電車に乗った。二駅目で降り、河川敷に向かって歩く。

川に沿って桜がどこまでも続くように連なっているそこは、太郎さんが去年見つけた。場所取り合戦に参加する必要がなく、駅から離れるにつれて騒がしいグループも少なく

なる穴場だ。日が暮れて、向こう岸の少し離れたところには、まとまったタワーマンションの灯りが見えた。そっちに目を取られて歩いていると、太郎さんの呼ぶ声がした。

「百合ちゃん、こっちこっち」

　間隔が広い外灯の明るさは頼りなかったが、桜の白で闇が薄まっているあたりに彼らがいた。太郎さんは少し会わない間にまた少しだけ頬がふっくらとしたようだった。

「こちらが枝野《えだの》くんと中野《なかの》さん。俺は枝さん、中さんって呼んでます」

　と、両脇の男性を紹介する。

「どっちも野が付いて覚えにくいからさ、細いのが枝さん、中くらいのが中さん、太いのが太郎ってことで。ふたりとも、同じ部署にいる頼りになるかたです」

　どちらがインドカレーオタクで、どちらが干物マニアか、すぐに見当がついた。カレーオタクの枝さんは、本当に枝のように細く、そして日焼けしていた。手入れされた口ひげも蓄えている。スパイスの調合が趣味だと話しながら、自分で焼いた大量のナンと、保温ボトルに入った赤と土色と抹茶色と黄色、四種類のカレーを、人数分の紙コップに注いでいく。

　一方、干物マニアの中さんは、魚のように黒目がちで、中肉中背だった。着ている白とネイビーのボーダーカットソーは、フランスの人気ブランドのもので、太郎さんより若く見えた。

「ウミタナゴ、イサキ、ヒメコダイ、カナド、オキトラギス、メバル、あ、これはカスミサクラダイっていうんですよ。お花見にぴったりですね。もちろんスルメもありますんで」

自作の手芸を紹介するような手付きで干物を並べていく。わたしの目にはどれも魚類のミイラとしか映らないが、中さんは見分けられるようだ。自ら釣りに行き、さばくこともあるのだという。インドのスパイスの香りと日本の磯の香りが、桜の下で混ざっていく。

「枝さんも中さんも思ってたより本格的だなあ、すげえなあ」

飲み物調達係だった太郎さんは無邪気に感心しながら、ふたりが食べ物を広げていく様子を眺めている。

ビニールシートがカレーと干物で茶色に埋まっていくほどに、ベジヌードルとからあげを披露するタイミングはわからなくなっていった。

太郎さんが紙コップを配り終え、枝さんと花を見上げた。中さんは盛り付け終わった干物の写真を撮影し始めたのでその隙に、百合子がそっとベジヌードルのボウルのラップを外し、からあげの入ったタッパーの蓋を開けた。枝さんと中さんは最初気づかなかったが、太郎さんが、

「ああいい匂い、百合ちゃんのこのからあげ、うまいんだよな」

と息を大きく吸い込んだ。枝さんと中さんも、「あ、ほんと、カレーにも合いそう」「こちらのサラダも、超大盛でいいですね」と口々に言った。

枝さんのカレーはさらさらとしていて、かつ何らかの粒も混じっており、辛いのか甘いのか、とにかく複雑な味がした。百合子も鼻を何度もかみながら、「味覚が落ちててもおいしい」ともりもり食べていた。

話好きの枝さんは、まとめた休みが取れるとインドへ渡ること、滞在中にインド映画のロケに遭遇し、通行人役に駆り出され出演したことなどを、おもしろおかしく語った。スパイスコレクションの写真を見せてくれたり、百合子が羽織っていた黄緑色のストールでターバン巻きを実演してみせたりもしてくれた。

中さんの干物は、魚に疎いわたしにはぴんとこなかったが、太郎さんは「今まで食べたどの干物より旨い」と言い、特にウイスキーに漬けてから干したイサキとやらを絶賛していたし、何でもカレーに浸しがちだと話していた枝さんも、そのままで食べていた。

中さんは、枝さんが話し疲れたあたりでやっと口を開き始め、一年前から干物作りのカルチャー教室に通っているのだと言った。ほろ酔いの枝さんが、ふざけて太郎さんの頭に百合子のストールを巻き始め、それを百合子がほどこうとし、中さんの話に耳を傾けているのはわたしだけになっていた。

「でも干物作りにはまるって、めずらしいですね。どうして干物だったんですか」

「そうですね。燻製作り、一時期流行ったじゃないですか。知り合いにも自宅でスモークチーズとか、スモークベーコンを作ってた人がいて、かっこいいなぁって思ってたんですよ。けど、流行りにそのまま乗っかるのは何だかなぁと思って。じゃあ僕は干物にしてみるか、と思って」

あぐらをかいた中さんは、大仏様のようなシルエットで、見ていると落ち着いた。

「燻製、流行りましたもんね。それでどうして干物に、はまったんですか？」

「え？　だから、燻製じゃなくて干物にしてみるか、と思って。ですね」

「……えっ、それだけですか」

「はい。それだけですね」

にこにこしながら、堂々と言った。中さんはなんと軽いのりで、干物という沼に飛び込んだのだろうか。大学でとりあえずテニスサークルに入ってみるような、まっすぐで健全な軽さだ。

花びらが、中さんの善良な微笑みに重なって降っている。太郎さんと百合子の笑い声の後ろに、川の流れる音がかすかに聞こえた。中さんの軽やかさに触れたあとでは、聞こえるものや見えるものが、重力をいくらか失ったように澄んでいた。わたしもこれほどの素直さをもって、料理を好きになりたかった。その気持ちを嚙み締めていると、

「あっ須田さん、もしかして干物に興味あります？」

とてもうれしそうに中さんは声のトーンを上げた。

「いえいえ、こんなに干物にできる魚がいるってことさえ今日知ったくらいで……」

興味はないというニュアンスを込めて言ったが、

「そうなんです、何でも干物になりますよ。今日持ってきていない魚でいうと、サヨリ

もいいですよ、春は」

と中さんが言ったので、耳を疑った。

「沙代里って、あの沙代里ですか？」

声が裏返った。

「あのサヨリがどのサヨリか分からないですけど、すっとした細身の姿が上品で気高いあのサヨリですよ」

「……魚ですか？」

「もちろん。ここだけの話、僕は心の中ではサヨリのことサヨリンって呼んでるんですけどね」

中さんは魚のこととなると饒舌になった。

「サヨリのこと、しっかりと見つめたことありますか？」

「ないです」

「サヨリは、魚類の麗人と言われるくらい美しいんです。姿勢よく締まったボディ、すっと長く伸びた下あごは高い鼻にも見えて。味も、離れがたい旨みと甘みがありつつも、あっさりとしていて、まるで気まぐれな猫とでも言いますか……、アハハ、魚を猫に例えるのも妙ですけど、しかしまぁとにかく、まさに男をてのひらで転がす罪な麗人のような味なんです。開いてみるとおなかの中が真っ黒なので、〝見かけによらず腹黒い人〟っていう意味で〝サヨリのような人〟という言い方もされますよね。そこがまた、僕のような男には堪《たま》らないわけですよ。ああ、話していると食べたくなってきますね、サヨリの干物、絶品ですよ」

まだ見ぬサヨリという名の魚の干物を作ることを想像した。水から出されたサヨリ、まな板の上のサヨリ、腹を開くと真っ黒なサヨリ、干からびていくサヨリ、口の中でぱりぱりとくだけるサヨリ――。

料理本に書かれていたいくつかの文句が浮かんできた。

「ストレスが溜まっていても、料理をするとあ～らスッキリ」「ハンバーグを思いっきりこねる、これが私のイライラ解消法！」「嫌なことがあったとき、わたし、大量の大根をおろします☆」

そんなの嘘だ、とずっと思っていた。ハンバーグをこねたあとの手やボウルに残るベタベタを洗い流すことのほうが、残った大根おろしが冷蔵庫内で発する臭さのほうが、よっぽどストレスだ。料理のように発展的なことでストレス解消ができる人間に、来世こそは生まれたいものだと思っていた。だが今、サヨリの黒い腹の中をこの目で見ることを想像したら、何かが解放されていく気がした。みんなが言っていたのは、これか。

「中さん、腹黒いサヨリの干物を作りましょう」

「え？　あ、はい。サヨリにそんなに興味を示す方は初めて見ました」

中さんは少々面食らったようだったが、そのまま連絡先を交換した。

お開きになると、百合子と太郎さんは太郎さんの家へ行くと言い、枝さんと中さんは、枝さん行きつけのインド料理屋に行くと言った。枝さんが一緒にどうかと誘ってくれたが、さすがにおなかにもう何も入らないくらいだったので断った。

最寄り駅の改札を抜けると、まっすぐコンビニに進んだ。ペットボトルの緑茶を取りレジに向かう。

「あんまん、もう無いですか?」

「あー、あんまんはちょうど、ついさっき売り切れましたね。うち、まん系は今日で終わりで、ストックも無いんっすよ」

髪の茶色い男の子が、明るい声で答えた。もう冬は終わったらしかった。

中さんは連絡がまめだった。返信は必ず三分以内に来る。サヨリの干物作りは、さばくところから見たいというわたしの希望もあり、中さんの自宅アパートにお邪魔して行うことに決まった。

いくら大仏さまのような中さんであっても、いきなり密室でふたりきりになるのはどうなのだろうと考えていると、中さんは「どうぞ、誰かお友達でも誘って来てくださいね。先日の百合子さんでも」と言ってくれた。

わたしの頭にまっさきに浮かんだのは、真島さんと沙代里さんだった。

「サヨリって、外からではわからないですけど腹を開けば真っ黒なんですよ、ほら」

言いながら、真島さんと沙代里さんにサヨリの中身を見せつけることを夢想した。

そんな道具としてサヨリを扱うのは残酷な上に、冷静に考えると意味はあまりない行為のようにも思えたが、これくらいかわいい復讐だろう。わたしの執念や、沙代里さんの中に潜んでいるかもしれない黒いものや、真島さんが見ないようにしている何かを、ふたりは感じ取ってくれるだろうか。

ふられて以来の連絡だったが、誘い出すこと自体は意外と簡単だった。サヨリという魚名は出さず、「干物パーティーのお誘いです。干物作りを知り合いの干物マニアに教えてもらうんですけど、よかったら沙代里さんと一緒に来ませんか。人数がいたほうが、楽しいらしいです」とメッセージを送った。沙代里さんの友人は遠ざける真島さんも、干物マニアは警戒しなかった。

予想どおり、料理好きな沙代里さんはすぐに干物に興味を示したようだが、料理教室は土日も開いているため、なかなか予定が合わなかった。ゴールデンウィークの最終日に一日だけ、四人のスケジュールが合い、決行はその日となった。

真島さんから久々の電話が入ったのは、干物パーティー当日で、やはり午前二時だった。やっとその時間帯になっても目覚めなくなっていたのに、スマートフォンが震えると反射的に出ていて、これからあの蕎麦屋に向かうことになったらどのTシャツを着ようということまで、地球儀を下から見ながら考えていた。

「サヨさん、干物パーティーに行けなくなったって」

出るなり、淡々と真島さんは言った。

「えっ、どうしてですか」

「同僚の先生が体調不良で出勤できなくなっちゃって、代わりに出ることになったんだって」

「……あんなに予定をすり合わせたのに」

そんな理由、本当かどうか疑わしかった。前にも真島さんが数回、同じ理由でデートの約束を直前にキャンセルされたことがあるのを知っている。

「残念ですね」

「まったくだよ」

「真島さんは？　沙代里さんが来られなくても来ますか？　できれば来てほしいですけど。干物マニアとふたりでパーティーは、ちょっと」

真島さんは少し迷ってから、「じゃあ、行こうか。干物、サヨさんへのおみやげにするし」と言った。

中さんの最寄り駅は中央線沿線で、東京の住みたい街トップ10の上位にたいていはランクインしている街だった。改札を出ると、大通りを背に真島さんが先にひとりで立っていた。

「あ、久しぶり」

「お久しぶりです、そのバックパック、いいですね」

「なかなかロックっしょ、先月買ったんだ」

顔を合わせたのはバレンタイン以来だったけれど、付き合ったりふられたりした関係であることが嘘みたいに話すことができた。

小走りで迎えに来てくれた中さんの頰には、治りかけの大きな傷ができていた。

「これ、釣り仲間に誘われてサーフィンしてみたら、ボードにぶつけちゃいました」

照れたように笑いながら、真島さんに会釈した。

中さんが「干物日和になりましたね」と言ったとおりに、よく晴れた暖かい昼間だった。駅前にはチェーン店が揃い、人通りも多い。広い歩道を三人で横に並んだり、縦一列になったりぎくしゃく進んだ。ほどよくおしゃれ、かつ、ほどよく庶民的な人々とすれ違う。駅から離れていくと、狭くて、そのぶん味がわかるお客さんだけを選んでいそうな飲食店が次々現れた。

「そうだ、僕、沙代里さんに名前の由来をお聞きするのを楽しみにしていたんですよ。真島さんはご存知ですか?」

花見の日と同じボーダーを着ている中さんが、振り返って聞いた。

「え? すみません、知らないですね。今度聞いておきますね」

真島さんは社交辞令的な笑顔で答えた。通りから一本逸れた川沿いに入る。中さんの住むアパートにたどり着いたのは、歩き始めてたっぷり二十分後だった。

お花見のときは枝さんの陰に隠れて口数が少ないように思えた中さんだったが、今回は自分がホストという責任感からだろうか、それとも魚絡みの行事だからか、よくしゃべった。二階建ての二階で、中に入ると外観よりずっと新しく感じた。ベランダにつながる大きな窓から明るい日差しがリビングに差し込み、ひとり暮らしにしては広々とした間取りだった。

冷蔵庫は大きなファミリー用で、カウンターキッチンもよく整頓されていた。準備のいい中さんは、わたしと真島さんにも色違いのエプロンを貸してくれた。その紐を結んでいると、中さんはステンレスのボウルに重なって横たわっている魚たちを指して、

「こちらが、サヨリンズです」

と自慢げに紹介した。

「うわー、聞いていたとおりスッとした鼻筋、涼やかな横顔。なんですか、これ、下唇？　突き出てますね。生意気っぽいのがまたいいですね」

「でしょう。近所の魚屋から、肛門がきゅっと締まっている鮮度のいいメンバーを選抜してきました」

「麗しいです。思っていたより華奢《きゃしゃ》ですね」

顔を近づけると、動物園のペンギン小屋の匂いがした。わたしたちが盛り上がる横で、真島さんは訳が分からない、という顔で棒立ちしていた。サヨリたちは我関せずといった目をして、青白く輝いている。

「あぁ、真島さんに言ってなかったんでしたっけ。今日は旬のサヨリの干物を作るんで

す。だから、ぜひ沙代里さんにも来てほしかったのに」

「サヨリっていう魚がいるってこと？……知らなかったな」

「やっぱりサヨリって、知名度低いですね」

「ふたりが疎いだけですって。ではさっそく、いっちゃいますか。初心者向けってことで、僕が一番やりやすいと思っているやり方でいきますね。まずは僕が一尾手本を」

中さんは手術のメスのように包丁を構えてから、木のまな板の上で細い身体を押さえつけた。

「鱗を取ったらまずは頭を落として、と」

ダンとまな板が鳴る。中さんの手付きに躊躇はない。断面から、赤黒くなめらかなものが少しだけはみ出た。ペンギン臭が強くなる。

「僕は肛門からやる派です。サヨリンのはここなんで、くっと差し込んで……」

腹の方へ進む包丁にまとわりつくように内臓が漏れてくる。中さんは指でそれらを捕まえ、引き抜いた。ふやけすぎた寄生虫のようだった。

「ほ～ら、これですこれ。腹黒いでしょう。きれいな顔してこんな腹黒さを隠していたんだねって思うと、もう、ぞわぞわしちゃいますよね」

腹の中が露わになると、中さんが興奮を抑えきれないといった口調で言う。あっという間だったので、例のせりふを言いそびれたどころか、似たせりふを中さんに奪われてしまった。わたしは言葉と一緒に、つばを飲み込む。真島さんはいつもより白い顔で、何も言わず見守っていた。残っていた内臓や黒い腹膜を水道水で洗い流し終えると、もう終了だった。一尾のサヨリが、あられもない姿となっていた。

「二尾目、やってみましょうか。須田さんからいきます？」

手は、思ったより震えなかった。感触は気持ちよいものではなかったものの、鱗と頭を落とすことはできた。包丁がよく手入れされているからだろうか、家にあるものよりずっと扱いやすい気がした。ところが、頭を失ったサヨリと対峙《たいじ》すると突然、その細さ、長さ、妖《あや》しいぬめり方に既視感を覚えた。

「なんかこの姿、蛇に似てますね」

自分で言葉にしてしまうと、触れることが途端にためらわれた。中さんも真島さんも、それには何も答えなかった。

「さあ、肛門にどうぞ」

中さんは毅然と次を促した。蛇の肛門はどこにあるのだろうか、と考えてしまい、手は完全に止まった。

「すみません、ちょっとダウンです」

真島さんに包丁をパスした。

「あれ、須田さんってグロいのだめでしたか？　料理も初心者なんでしたっけ。ちょっとハードル高かったかもしれないですね。じゃあ、次は真島さんにやってもらいましょうか」

と中さんが笑った。

「え、俺……」

真島さんはまだこの状況に戸惑い続けていたが、明らかに慣れていない様子で包丁を構えると、中さんに誘導されて肛門を探しあてた。

見ているだけなら、わたしも耐えられた。中さんのようにはいかず手付きは危なげで、何度か刃が引っ掛かったが、真島さんはサヨリの腹をじわじわと開いていった。用意してきたせりふを言うべきときが再び来た。

「サヨリの腹の中って、本当に真っ黒ですね。外から見たらわからないけど」

含みを感じさせる、いい調子で言えたと思う。しかし真島さんは、

「この黒いところは、おいしくないんですか?」

特に反応せず、中さんに質問した。

「そうですね、苦みがありますね。でも、ここが黒ければ黒いほど、鮮度がいいんですよ」

「へえ」

「傷むと茶色になってくるんです。腹黒ければ腹黒いほど、おいしい」

頷いた真島さんは、そのまま腹の中身を水で洗い流しながら言った。

「女性でも腹黒いくらいのほうが、かわいいですもんね」

体から、力がどんどん抜けていくのがわかった。

「おっ、ですよね、趣味が合いますね。しかし、いいですね真島さん、初めてにしてはかなり、さばきセンス、ありますよ」

おだてられた真島さんは面白くなってきたようで、続けてさばいた。中さんがやったものと遜色ないできだった。慣れてくると、無駄な動きも少なくなっていった。積み重なっていく開かれたサヨリは、どんどん平たくなり、生き物から食べ物になっていく。

排水口には内臓が溜まっているのだろう。手に染み付いた生臭さは、洗ったら消えるんだろうか。サヨリの肛門の位置なんて知りたくなかった。真島さんが腹黒い女性のほうがかわいいと思っていることも知りたくなかった。心が重くなっていく。料理がストレス解消になるという性質は、やっぱり料理を好きになれる人にのみ、備わっているものだったのだ。

塩水に数十分つけたあと、手分けしてベランダに提げられた二つの干し網の中に入れていった。もう蛇の形状ではなくなっているので、わたしにも手伝うことができた。ベランダには物干しざおの他はエアコンの室外機があるだけで、大人が三人立って作業しても余裕があった。途中で渡ってきた川はそこからはもう見えなかった。どこかのベランダに干してあるらしい洗濯物の、柔軟剤の香りが届いていた。

「この物件、ベランダが広いのと、日当たりと風の通りがいいので、気に入ったんです。引っ越してきて本当によかった」

濃い青の干し網が風に揺れるのを見ながら、中さんがしみじみと言った。

ちょうどお昼時になっていた。乾ききるまで、まだまだかかる。中さんが、フローリングに座布団を三つ並べてくれ、それぞれ体育座りをしてベランダを眺めながら「干物パーティー」になった。中さんの作り置きしている干物と買ってきたおむすびを食べ、缶ビールも開けた。真島さんは、太郎さんと同じくウイスキーで漬けて干したイサキを最も気に入っていた。

食べ終わっても、時間は余った。干し網も含め、見える風景に変化はなかった。電柱と電線はもちろん動かず、雲がゆっくり西から東へ移動して形を変え、それに合わせて太陽の光が弱くなったり強くなったりするだけだった。

「干している間は中さん、何をしているんですか」と真島さんが聞いた。

「いつもはネットしたり、ゲームしたり、居眠りしたり、ですかね」

「普通ですね」

「はい、普通ですよ」

「大学時代、テニスサークルでしたか」とわたしが聞くと、

「なんでですか？　フットサルでしたよ」と中さんは答え、真島さんは笑った。

「真島さんは？」

「俺はマンドリンです」

最初は警戒ぎみだった真島さんも、中さんに気を許し始めているようだった。マンドリンの音色の魅力を、以前わたしに話したように中さんにも語っていた。

「沙代里さんって料理教室の先生なんですよね。いいなあ、料理上手な彼女さん」

ふいに、わたしと真島さんの関係を知らない中さんが無邪気に言って、ひなたぼっこ気分でいたわたしは目が覚めた。

「中さんは？　彼女いないんですか」と真島さんが聞く。

「長いこといませんね。沙代里さんの同僚で恋人募集中のかたがいたら、紹介してもらいたいですよ。料理の先生なんて、彼女にしたい職業第一位ですよ、僕の中で」

聞き捨てならなかった。

「どうして料理上手な人がいいんですか。中さんなんてお魚をさばけるんだし、自分で料理できるんじゃないですか」

中さんは空のもっと高いほうに目線をやる。

「なんですかね、朝起きて温かい朝ごはんがあったり、残業が終わって疲れて家に帰ったら、エプロンをつけた奥さんとおいしい料理が待っていてくれるっていうのに、単純に憧れませんか？」

想像してみた。確かに、いい。

「でも、それじゃあお相手は、中さんより仕事がかなり早く終わる人じゃないといけないですね。献立考えて、スーパーに寄って買い物して、料理して、エプロンまでつけないといけないんですから。そのうえ朝も中さんより早起きして準備しないといけないなんて」

「あ、そうか、そうなるか」

料理上手な人に憧れる気持ちは、自分にもあるのに、中さんを責めるような言い方をしたくなってしまうのは、なぜだろう。

「……すみません、つい熱くなってしまって」

「こちらこそなんか考えなしに、すみません」

中さんは穏やかに笑ってから、

「そういや前、あんまり料理をしない奥さんがいる同僚に向かって、ある上司が『結婚した意味あるのか?』って言ったんですよ。その言い方はあんまりじゃないかって思ってたんですけど。僕も似たような思考、持っちゃってるのかなぁ。だめですね」

と、頰の傷をなでた。

「いや俺、気持ちはわかりますよ、中さん」

真島さんが助太刀に入った。

「料理上手な女性がタイプって言う男って、別に女性に料理を押し付けたいってわけじゃないと思うんですよ。何ていうか、もっと単純に〝ちゃんと料理ができる性質〟を持っている人間が好きっていうことだと思うんですよ」

中さんが小刻みに頷く。

「あー、なるほど、めっちゃわかります。言いたいのはそれ、それかも」

わたしはその首が止まるのを待ってから聞いた。

「じゃあ真島さんは、どうしてそういう性質の人が好きなんですか？」

真島さんはわたしの声が聞こえなかったかのように、しばらく開かれたサヨリたちを見ていた。その横顔をじっと観察した。真島さんのあごのラインは、アイロンをかけたようにたるみがなかった。

沈黙に耐えかねたのか、中さんが「あ、僕も知りたいですねー」と明るく口を挟み、

「真島さんと沙代里さんの馴れ初めって聞いてもいいですか」と無邪気に問う。

「どんなかたなんですか？　おきれいなんでしょうね」

「きれい系……なのかな」

「じゃあ芸能人でいうと？」

「誰かな」

真島さんが考えるふりをしているのがわかったので、

「二十代のころの松たか子ですよね」

と、わたしは口を挟んだ。

「いいなー、松たか子。いったいどこで出会えるんですか？　料理教室の松たか子なんて」

「それはですね、真島さんの会社の近くに……」

次もわたしが答えようとしたら、

「俺、中学のときに吹奏楽部で、フルート吹いてたんです」

真島さんは、それを遮るようにして、話し始めた。

「男子部員は少なかったし、その学校では吹けるほうだったから、今思えば結構ちやほやされてました。進学したのが、たまたま吹奏楽コンクールで全国大会常連の強豪校だったので、軽い気持ちで高校でも入ったんです。練習時間も長くて、先輩も厳しいし、土日はプロ奏者のレッスンもあったりして。そこで、今までの自分がとてつもなくいい加減だったってことに気づいたんです」

中さんにだけ聞かせるような話し方だった。

「フルートって指使いが結構複雑なんです。でも、正しいキイをふさがなくてもそれっぽい音、似た音程の音が出たりするので、俺は中学のときから、押さえるキイが間違ってることに気づいていても、自分のやりやすいように吹いてたんです。自己流っていうんですかね。誰も注意しなかったし、そんなに悪いことだと思ってなかったんです。むしろ、あんなにたくさんのキイが付いているんだから、その中から正しいところだけを選び続けることのほうが奇跡みたいだと思っていたんです」

「はいはい」

中さんは軽く相づちを打つ。

「でも高校に入ったら、それは許されなかった。間違ったキイで音を出すと、耳のいいプロ奏者や部長に『違う』って、すぐ気づかれるんです。徹底的に正しい指に直すように言われました。直るまで基礎練習のみ。みんなが合奏に行っても、教室で個人練習。

それで、ひとりで練習しているとき、ふと思ったんです。もしかして世の中の人たちって、俺が思っているよりずっと、間違わないで生きているのかもしれないって」

「はい、はいはい」

「俺はすごくできとうな人間で、ありのまま生活すれば、すべてのことにおいてだいたいちょっとずつ間違っているんです。俺だけじゃなくみんながそうだって、それが普通だって、そのときまでは思ってたんです。でも、その感覚は他の人と違うのかもしれない。俺以外の人はもっと、ひとつひとつ間違えないようにしながら生きているんじゃないか。みんなはそれが、もっとナチュラルにできてるんじゃないか——。そう気づいたんです」

　中さんは、今度は「はい」とは言わずに先を待った。

「結構、衝撃でしたよ。ほかの人には備わっているらしいその感覚が、自分には無い。俺は自然体ではいけないんだ。人一倍の注意を払わなければ、みんなと同じような道を歩けないんだって。それであるとき、一個上の先輩、カナ先輩っていうんだけど、カナ先輩が居残って暗い教室で練習してた俺に、手作りだっていうお菓子を持ってきてくれたんです」

「何のお菓子ですか」と、わたしは思わず聞いた。

「チョコ。バレンタインでもないのに。……音符の形でしたね。その場でリボンを解いて、すぐ食べて、『どうしてこんなにおいしいんですか』って聞きました。そしたら、カナ先輩は『レシピどおりやっただけだよ』って。『料理と音楽って似てるよね。どんな些細な間違いでも、しっかりどこかに影響するの。いい機会だと思って、今のうちに完璧に指、覚えようね』って言ったんです。カナ先輩は励ましのつもりで言ったんだと思うけど、俺は怖くなった。ものすごく怖かった。俺がどうでもいいと思ってる些細な間違いで、決定的に何かがだめになることがあるって、脅された気がしたんです。数週間後に退部しました」

中さんが、物干しざおを見上げながら頷く。

「それで……、話は戻りますけど、だから、料理が得意な人って、ひとつひとつ正しいものを選ぼうとする姿勢が、もともと備わっている人に俺には見えるんですよね」

「はいはい」

「『料理は愛情』って自然と思えたり、無理しなくても『料理が好き』って思えること自体、正しいものを好きになれている証拠じゃないですか。そういうの、自分と違い過ぎて尊敬しちゃうんですよ」

わたしは、サヨリの腹が静かに割かれるように、自分の胴体に長く長く細い傷を付けられ続けているような気がしながら聞いていた。

「そっかそっか、吹奏楽してたから真島さん、普段も腹式呼吸なんですね。え、それで、カナ先輩とは付き合ったんですか？」

と、中さんは聞いた。

「付き合いましたね、一年くらい。退部した後、告白されて」

「やっぱり。もてるんだなー、真島さんは」

「あのチョコに何を入れてたのか、聞いとけばよかったって今もときどき思いますね。隠し味かなんか、入ってたと思うんですよ」

おそらく市販の板チョコを溶かして形を変えただけのものだろう、と思ったけれど、言えなかった。

「いいですね、甘酸っぱい思い出ですね。カナ先輩は、芸能人で言えば誰似ですか」

「……そういえば、今の彼女と似ているのかもしれないですね」

真島さんはぼんやりとそう言ってから、もう中身は残っていないはずの缶ビールを飲むふりをした。

「へー、沙代里さんにますます会ってみたくなりました。優花さんは会ってるんですもんね」

中さんがこちらを見た。

「わたしは、真島さんと似てます」

自分の口から出てきた言葉は、それだった。

「え?」

と中さんが聞き返したが、わたしはそのまま続けた。

「わたしも、すごくてきとうな人間で、すべてのことにおいて、だいたいちょっと間違うんです。ちょっと間違うってことがいけないことだっていう感覚も、さほど、なかったんです」

真島さんを好きになるまでは、間違っていても別によかった。

沈黙が生まれた。干し網はじっと見ていないとわからないくらい、微かに揺れていた。

「確かにふたり、なんか似てますよね。兄妹みたいに」

中さんが言い、真島さんが少しだけ困ったような顔をして笑った。

「そうだ中さん、さっき言ってたゲームって、どんなのやるんですか」

真島さんが空気を変えた。

「そうだそうだ、みんなでやりましょうか」

中さんは立ちあがり、張り切って用意を始めた。

サヨリの干物は、五月の風によって予想より早く完成した。水っぽくハリのあった体はすっかり干からび、やはりミイラにしか見えない。コンロに載せた網で軽くあぶってから、三人で少しずつ試食した。目を閉じて嚙みしめていた中さんは、

「やっぱり上品ですねぇ」

と、うなるように言い、「大成功ですよ」と胸を張った。失敗した干物というものを知らないわたしには、通常の干物だった。硬いというのが一番の感想だった。真島さんは味よりも、どれが自分のさばいたサヨリかを気にしていた。残りは中さんがビニール

袋に二等分し、わたしと真島さんにおみやげとして持たせてくれた。真島さんはその袋をバックパックに詰めたが、わたしのかばんには入らなかったので、そのまま手に持った。

「また、やりましょうね。楽しかったです」

外は日が暮れ始めていた。駅まで送るという中さんに遠慮して、ふたりで夜の手前の町をまた二十分歩くことにした。太陽の匂いはところどころに残っていた。

「中さん、いい人なんじゃない？」

大きい通りに出て、横をバスが通り過ぎてから、真島さんが言った。

「いい人ですよ」

「ああいう人を、好きになればいいいんじゃない」

わたしは手元の干物を見るふりをして、答えなかった。

「真島さん、普段から腹式呼吸なんですか。気づかなかった」

「まあね」

疲れてくると生温かいゼリーの中を進んでいるように体が重かった。ゼリーの色はオレンジからやがて薄い青になった。

「これからまだ少し、時間ある？」

駅に着いたところで、前を向いたまま真島さんが聞いてきた。

「ありますけど」

「じゃあ、ちょっと付いてきて」

真島さんは行先を告げず、電車に乗り込んだ。

一度、地下鉄に乗り換えてから降りたのは、真島さんの職場の最寄りになる駅で、つまり沙代里さんの働く料理教室が入っている駅だった。

普段はスーツ姿のサラリーマンが行きかう駅構内は、友人同士や家族連れが目立った。改札を出てもずんずんと真島さんは前を歩いた。わたしは彼のバックパックを見失わないように追った。JRの切符売り場の前を過ぎ、テナントのアパレルショップやシュークリーム屋の前を通り、階段とエスカレーターを下って、モノレールや地下鉄の乗り場へと続く広い通路を進む。レジャー帰りの若者集団に阻まれて遅れをとったわたしに気づかない真島さんは、あのガラス張りの料理教室のそばまで来ると歩を緩めた。それから、料理教室のはす向かいにあるCDショップに入ると、視聴コーナーに隠れるようにして、窓ガラスの向こうの教室を、目を細めて覗いていた。

追いついて、同じようにした。そこから見えた料理教室は、特殊なライトでもあてられているように明るかった。距離のわりに、やけにはっきりと細部が目に入ってくる。六つのアイランドキッチンは規則的に並び、そのすべてを先生と数人の生徒が囲んでいる。男性が数人混じっているが、ほとんどが女性だ。先生たちはおそろいのエプロンのせいか、はたまたライティング効果や採用基準によるものであるのか、みな似た輝きを放っていた。

沙代里さんに仕事が入ったというのは、本当だったらしい。沙代里さんは一番右端、手前側のキッチンに立っていた。

ささがきごぼうの切り方を実演で教えている最中のようだった。規則的にごぼうを上下する右腕が、生徒の陰になって見え隠れしていた。白い三角巾の下でポニーテールが波打っている。美しいと思ってしまった。

「サヨさんは、腹黒ではないよ」

真島さんがつぶやいた。沙代里さんを追ったままの目元は、安心したように少し柔らかくなっていた。

「ごめんなさい、今日のお誘いは、ふられた腹いせのつもりでした。実は腹黒いサヨリを、沙代里さんと真島さんに見せてやりたかった」

「そんなことして、何の意味があるんだ。俺もサヨさんも、ああ、黒いな、って思って終わりだよ。悪趣味だし」

そのとおりだ。もしかしてわたしは、恋人同士になった真島さんと沙代里さんをこの目で見て、傷つきたいだけだったのかもしれない。真島さんがまだ好きだと、わざわざ実感したかったのかもしれない。

「でも中さんも言ってたとおり、俺ときみは似ているのかもな。一緒にいるのは、とても楽だよ」

沙代里さんを見たままの真島さんが言った。来たのが真島さんだけでよかったと思った。真島さんひとりでも、傷つくのには十分だった。沙代里さんは、まぶしく輝くほうの世界で、ごぼうを水にさらしていた。

「ねえ、サヨさん、あのごぼうで何を作るのかな」

「きんぴらか豚汁じゃないですか」

それしか思いつかなかった。

CDショップでは、邦楽を最新のランキング順に紹介する番組がかかり、アイドルグループの歌う単純すぎる歌詞のラブソングが流れていた。

「しかしこの曲、ださいな」

真島さんはまたつぶやくと、スイッチがオフのままの視聴用ヘッドホンで耳を塞ぐようにした。

「ださいですか?」

「こんな歌詞、山ほどあるっしょ。自分たちより有名で偉大な歌手が、もう何人も同じようなこと歌ってるのに、どうして今さら劣化版を堂々と歌おうって思えるのか疑問だよ」

好きだ好きだ愛している。流れるその「ださい」歌は、単純な言葉でしつこいほど繰り返していた。似たようなメロディーや歌詞の曲は、確かに今までも数えきれないくらいにあったのだろう。新しいか古いかで言えば、古いのだろう。そういう意味では真島さんの言うとおりなのかもしれない。それでも。売り上げ上位にランクインしているということは、この曲を必要としている人が、たくさんいるということなのだ。誰かが必要としているものを「ださい」の一言で片づけないでほしいと、今は思った。左手に持ったままの干物入りビニールの口を、ぎゅっと握った。

「わたしはこの曲が好きだし、真島さんのことも好きですよ」

もっと別のことを順序立てて言いたいのに、それだけが口から出ていた。ふられた後に限っては、好きと伝えることは怖くないのだと、言ってから気づいた。だったらもっとこの曲のように、言い続けてやればよかった。

「誰かがもう何度も歌っていることでも、ださくても、自分で歌わないと納得できないときってあると思いますよ」

この曲が好きだと思えた自分は、地球に少しだけ馴染めている気がした。手料理信仰を唱える人も、似た気持ちなんだろうか。質や個性より、他人じゃない誰かや自分が作ったもので納得したい気持ち、責任を持ちたい気持ち。真島さんのヘッドホンの左側をむりやり浮かせ、もう一度言った。

「真島さんが、好きですよ」

「はい、どうも」

「好きなのに、真島さんの好きなタイプにはなれなくて、どうしたらいいんですかね」

日常会話のように言えた。

「……そういえば、その大量の干物どうするの。魚、そんなに好きじゃないでしょ。俺はサヨさんと食べるからいいけどさ」

一度ふられた後だと、もう真島さんにはっきりとした拒絶の言葉を言わせないで済むことも知った。もう一回、好きだと最後に言っておこうか迷ったけれど、あの音楽は声優の歌うアニメ主題歌に変わってしまっていた。

「会社の人に配ります。そうだ、坂間っていうおもしろい人がいるんです」

「そっか」

「林檎をピーラーで剝いて、リアリティー番組が好きで、あと、のど自慢も毎週録画しているらしいんです。ストレスたまったら、のど自慢見るらしくって、あと、つがいのハムスターを飼ってて、その名前が……」

「男の人？」

「はい」

「それならよかった。帰ろう」

ＣＤショップを出て、別々の路線に乗った。私鉄への乗り換え駅まではずっと混んでいて、乗り込んでくる人たちの多くは、連休の緩んだ空気と陽《ひ》の香りも一緒に車内に連れ込む。サヨリの匂いが漏れていないか気になった。

窓際で、干物を胸に抱えながらスマホを取り出すと、中さんからメッセージが入っていた。今日のお礼と、「とりあえず自分も干物以外の料理ができるようになろうと思い、料理教室の申し込みを済ませました」と書いてあった。

返信する前に、レシピ動画アプリを開いた。ごぼうを使うレシピを検索する。「30 0を超えるごぼうレシピを公開中！」という結果が表示された。わたしの知らない二百九十八のごぼうレシピのことを思うと、吐き気をもよおした。

好きになれないものを好きになりたいと思ったり、嫌いになりたい人を好きでいたりすることに、疲れすぎているのだと気づいた。

「引っ越そう」

心の中で言葉にする。

真島さんに呼ばれてすぐあの蕎麦屋に行ける今の部屋を出ようと決めた。中さんが、坂間くんが住んでいるようなおいしいお店であふれた街が、自分に合う街が、わたしにもあるはずだ。好きになれないものを、好きになりたがるのを、やめる。その代わりに、本当に好きなものを増やすのだ。干物入りのビニールを強く抱き、ビル群のほうへ視線を移した。

サヨリの干物は昼休み、岡ちゃんや上司に配った。頼りにしていた坂間くんは、「和の食べ物、基本的に苦手なんすよ」と言って、もらってくれなかったので、半分は余った。

干物パーティーの次の週、さっそく不動産屋の外に貼られていた物件情報を見ていると、若い女性のスタッフとガラス越しに目が合った。彼女がそのまま担当となった。

あらかじめ考えていた希望条件は、五つだった。「駅前にチェーンの飲食店が揃っている」「個性的な個人経営の飲食店も豊富」「四種類のコンビニがそろっている」「職場まで乗り換えなし」「治安が比較的良い」。それを用紙に記入すると、彼女が薦めたエリアは、坂間くんの住んでいる辺りだった。何となく予想はしていた。

細身の白シャツが似合う彼女は、周辺地図をデスクに広げた。鮮やかな朱色のリップで縁どられたくちびるを大きく動かし、

「駅からすぐの、ここの商店街が有名で。どこにも寄らないで歩いても、入り口から出口まで十分はかかる商店街なんですよ。アーケード付きで雨にも濡れないし、まじで何でもそろうんですよ。それにオリジン弁当が二店舗あるんですよ、東口と西口で。最高ですよね。あっ、須田さんがお好きな鳥貴族もあるみたいですよ。個人店のほうも、有名な定食屋、揚げ物屋、パン屋さん、ケーキ屋さん、カフェとか。最近、冷凍食品専門店なんてのもできましたし。これからだと、タイ料理店がオープンするらしいです。もちろん、深夜まで開いてる普通のスーパーもここ、駅に併設されてます」

指で指しながら教えてくれる。聞けば聞くほど、すばらしい街に思えてくる。

「須田さんと同じで、わたしもまじで料理しないんですけど、でも、この街なら一生料理しないで生きてけるんじゃないかなって思います。このエリア、一部では〝ユートピア〟って呼ばれてるんです」

「えっ、やっぱり」

坂間くんに聞いて抱いたイメージは、間違っていなかった。

「はい、うちの営業所の料理下手界隈《かいわい》だけですけどね」

と彼女は微笑んだ。

「条件どおりではあるんですけど……、ただ、ここ同僚も住んでて。休みの日にばったり会っちゃうのはちょっと」

「意外と会わないものですよ。ちなみにその同僚って、どんな方なんですか」

食に対してわたしと近い感覚を持ち、ひょろひょろと痩せていて、リンゴとスターという名のハムスターをつがいで飼い、林檎をピーラーで剝く男だと教えると、

「えっ、めっちゃ須田さんと気が合いそうじゃないですか！」

急に、恋の話にはしゃぐ女子高生のようになった。彼女は「引っ越しに新しい恋は付きものですよ」と歌うように言い、パソコンをてきぱきと操作して予算に合った物件を三軒、ピックアップしてくれた。

彼女の荒い運転で現地に向かうと、内覧一軒目で、出会ってしまった。築年数は古いものの、前の住人が出た後にバス・トイレがリフォーム済み、ベランダはないけれど窓が二面あって日当たり良好、四階建ての最上階角部屋。壁紙のクリーム色も好みだった。最も気に入ったのはリビング兼ベッドルームが正方形であるところだった。どうしてか、その正方形に一歩足を踏み入れたとき、ベッドやテレビボードが置かれた様子が目に浮かんだ。坂間くんと同じ街であるというマイナスポイントなど、どうでもいいような気

になっていた。

「徒歩で来ると、商店街を抜けたあと、大通りの信号を渡って二分。駅からだと、十五分はかからないですね。ここが空いてるなんてラッキーですよ、人気なんです。正方形の部屋、ちょっとチロルチョコっぽくて、可愛くないですか」

窓から外を覗くと、隣の民家の屋根が下に見え、大通りへ続くらしい狭い路地には飲み物の自動販売機が二台見えた。

「ああ、あそこの自販機には夏でもホットのミルクティーが入ってるんですよ、最高じゃないですか？」

と彼女が言う。自販機の中身まで熟知しているなんて、ものすごく仕事ができる人なのかもしれない。

「キッチンにまな板を置けるような調理スペースがないのと、火力の弱いＩＨのひと口コンロが欠点と言えば欠点なんですけど。でも須田さんは、そこは気にされないですよね？」

と続ける。

「はい、気にしません」

わたしは言い切った。そうだ、好きになれないものを好きになろうとしたり、好きになってくれない人を好きでいたりすることは、もうやめるのだ。

「ここに決めます」

それからは早かった。荷造りを機にレシピ本の数を少し減らし、ピーラーのいくつかを百合子にあげた。坂間くんには報告のタイミングを逃したまま、引っ越しの日になった。

「この自転車も、トラックに入れます？　お客さんのですよね」

家具の運び出しを終えた引っ越し屋の若者が、最後に聞いた。深夜の蕎麦屋に向かうために買った自転車だった。

「あ、お願いします」

もう乗らないかもしれないのに、とっさに答えていた。撤回するのも面倒で、持っていて損はしないだろうと考え直す。この部屋に何回真島さんが来ただろうと数えてみたら、四回だった。全部、付き合っている一ヵ月と少しの間のことだ。

どんなふうに触れたりしたかということよりも、どんな料理に挑戦してどう失敗したかのほうを、よく覚えていた。一番の失敗作であったカレーの玉ねぎの臭さが、壁紙にまだしみ込んでいるような気がした。息を大きく吸い込んでから玄関の扉を閉め、ユートピアへの第一歩を踏み出した。

3

夏、みりんへの解けない疑い

「ホッキョクグマは冬の季語なんだよ。熊が冬の季語だから」

真島さんが言っていたけれど、わたしにとってホッキョクグマの季節は夏だ。

窓を開けなくても蝉の声は聞こえた。七月に入り、二日続いたどしゃ降りのあとで本格的な夏が来た。

新しい部屋は前より狭く、そのぶんクーラーの効きが良かった。ペットボトルの麦茶の最後の一口を飲み干したあと、開けないまま捨てるべきか迷っていた最後の段ボールのガムテープを剝がした。真島さんがくれた地球儀が入っていることはわかっていたのに、中身を見た瞬間、後悔する。引っ越したのに、蝉の声と地球儀で、あっという間に真島さんがよみがえってしまう。やっぱり捨てればよかった。

去年の真夏だった。自分の誕生日当日に動物園のホッキョクグマに会いに行くという、真島さんの恒例行事に付き添った。

誘われたわけではなかったが、有休を取ってついて行った。彼が「日本の夏で一番ロックな存在」と呼ぶそのホッキョクグマは、薄汚れて黄色かった。全身の皮膚がたるんでいるようにも見え、疲れているような印象を持った。

「野生のは、氷に体を擦りつけて毛づくろいするからきれいで白いんだ。でもやつは、それができないからああいう色なんだろうな。まあ、そこがますますロックなんだけど」

その日、真島さんはホッキョクグマにかんする知識を小出しにした。平日で、炎天下だった。鉄板の上にいるようで、Tシャツから出る腕はすぐにひりひりと痛くなった。見物客は少なく、わたしたちはホッキョクグマを上から見渡せるベストポジションについていた。入り口で渡されたパンフレットに記載されていた予定時刻になると、飼育員が大きな氷の塊を載せたそりを引きずってやってきた。

ホッキョクグマは大喜びで氷に近づき、顔をつけて冷やしたり、ぺろぺろと舐めたりして涼を楽しむ。――という予想は裏切られた。そんなサイズでは気休めにもなりませんよという思いを表現するように無関心を決め込み、見向きもしなかった。寝そべったり、のそのそ歩いたり、ふと思いついたように水に飛び込んで数秒泳いだと思えばまた寝そべったり、というふうだった。氷は表面から水になって瞬く間に丸くなり、照り付ける太陽を内部まで取り込んで透明に光り続けていた。

結局、ホッキョクグマは、氷が溶け切るまでそれに触れなかった。

「実はこれ、占いでもあるんだよね」

ほんの少し前まで氷があった場所のしみを見つめながら、頭にタオルをのせた真島さんは言った。

「ホッキョクグマが氷にたくさん触れたら、これからの一年は要注意の一年。少しだけ触れた年は、可もなく不可もない一年。まったく触れなかった年は、何かしら期待できる一年」

わたしたちが飲んでいた紙コップのオレンジジュースの氷も、なくなっていた。

「じゃあこの一年はきっと、すばらしい一年になりますね」

真島さんは、最後の薄いオレンジジュースを神妙な顔のままストローで音を立てて吸った。わたしが真島さんにしか聞こえないように、控えめにハッピーバースデーの一節を歌うと、真島さんは、

「中二のときから思ってるんだけどさ、夏には夏らしい曲が流行って、冬には冬らしい曲が流行るよね」

と話し始めた。

「そうですね、夏に冬の歌は流行りませんね」

中二のときの気持ちをいまだ持ち続けていることについて、真島さんは恥ずかしいとは思わないようだった。

「人間のほとんどは、本当の夏や冬を知らないくせに、その夏らしい曲や冬らしい曲で、それを知ってる気になってるだけだって思うんだ。思い返してみて。きみが夏らしいと思うことや気持ちはきっと、もう夏の曲の歌詞になってるよ」

と続け、

「まだ誰も歌詞にしてないようなことをしたり、感じたりしたいって、もっと若いころ

は思ってたんだよね」

と感傷的に言う。真島さんはたまに、こういうモードに入る。

真島さんに共感できてしまうことは、認めたくないほど恥ずかしいけれど、でもそれと同じくらいに甘い気持ちにもさせられて、そこからの逃げ出しかたがわからない。

蝉がずっと鳴いていた。本来いるべき場所で生きていたら、ホッキョクグマは聞くはずのない声だった。わたしや真島さんは、ホッキョクグマにとってのこの蝉の声のような音を聞けないまま人生を終えるだろうし、沙代里さんのような人に当たり前に見えているものも、見えるようにならないままだろう。思いきりずれた場所にも、ど真ん中にも、どちらにもたどり着けず、世界は狭いと思いながら、どちらにも憧れ続ける。似た者同士だから、わたしたちはものすごくわかりあえるはずなのに、どうして真島さんは、そのことに気づかないんだろう。わたしはちゃんと、気づけるのに。

体温より高い温度の空気に包まれながら考えていたら、ホッキョクグマはいつのまにか姿を消していた。飼育員によって涼しいどこかへ、本来いるべき場所に少しでも近い世界へ、誘導されたのだと思いたかった。

今年の蝉の声を、新しい部屋の真ん中でひとり聞く。あれからの一年で、真島さんは沙代里さんへの片思いが実ったのだから、占いは当たっていたことになる。

地球儀を回した。真島さんと出会う前よりさらに、世界を狭いと感じる。真島さんに好きになってもらえない今の自分には、この世界で行ける場所や選べるものの数が、選択肢が、限られているのだという気がする。

　思い返せば真島さんと出会うまでは、恋愛の優先順位はそれほど高くなかったはずだった。失恋だって初めてではなかったけれど、今までは次にできる好きな人や、ドーナツやアイスの新商品で、わりと早く傷は癒えた。抜け殻みたいな感覚は初めてで、だからこれは失恋というより、「失・真島」と呼んだ方が近いのではとも考えた。

　百合子は「ここがユートピアか」とアーケードの入り口を仰ぎ見て、中さんはそこに掲げられた商店街のイメージキャラクターのイラストを指差し、「あれ、僕に似てませんか?」と言った。

「え、あれコアラですよね?　中さんはコアラっていうより、ウォンバットですよ」

　と百合子はフォローなのか何なのか、よくわからない返答をした。お花見以来、太郎さんと一緒に会うことが何度かあったそうだ。わたしと中さんがお互いに恋愛対象ではないことは、すっかり嗅ぎ取っている。

「そうなの。わたしにとって、まさにユートピア」

　スーパーと商店街で何でも揃い、食生活は豊かになった。家賃も相場が高かった前の部屋に比べれば数千円安くなった。続けていたコンビニのパンとミニトマト、もしくはキャベツという昼食は徐々に減り、岡ちゃんとの外ランチを再開している。

　不動産屋の彼女が教えてくれたタイ料理店は、六月の終わりにオープンしていた。商店街から脇へ抜ける路地沿いの地下にあり、「初めてのかた自家製サングリア一杯プレゼント」と書かれた背の低い立て看板が出ている。タイ料理店でなぜサングリアなのか気になっていたが、中の様子が見えないので、ひとりで入る勇気は出ずにいた。百合子に引っ越し祝いをしようと誘われたタイミングで、中さんからも連絡があったので、金曜日の夜、三人で待ち合わせた。

「須田さん、仕事帰りだと印象全然違いますね。桜の会も干物パーティーも、ロックなTシャツだったから」

アイロンがけがいらない素材のブラウスに紺色のパンツを合わせていたわたしを見ると、中さんは言ったが、中さんもワイシャツにスラックスだと、普段よりおじさんに見えた。

「太郎さんも来られたら良かったのにね」

「ほんと。残業なんだって」

日が暮れても、アーケードの下は健全に明るい。チェーン店はまだ充分ににぎわっていて、老若男女とすれ違う。中さんはスマホを操作しながら、数歩前を歩いていた。ウォンバットの画像を検索しているようだった。

整骨院を目印に右の脇道に逸れると、本来の時間が戻ったように薄暗くなった。そこから商店街を振り返ると、チェーン店だらけの蜃気楼《しんきろう》が浮かんでいるように見えて、何だか心細い気持ちがした。

「優花さんが先に行ってくださいよ」

中さんから先頭を譲られ、ランプが三つだけ灯された階段を下りる。でこぼことした木材の扉を押し開いて、階段と同じ仄暗《ほのぐら》さの店内に目を凝らしていると、カウンターの隅にいるひとりの男に焦点が合った。

「あれっ、坂間くん?」

肩を大きくびくつかせ、坂間くんが振り向いた。ほかには、テーブル席に年配の夫婦と思われる男女がいるだけだった。

「知り合い?」

百合子が聞く。

「うん、あの人が坂間くん」

「ああー、よく話に出てくる」

坂間くんはきまりが悪そうに会釈した。若く背の高い男性店員が微笑みながら迎えてくれる。

「お連れ様ですか」

「いえ、わたしたちは三人なんですけど」

中さんが小声で「もしよければ、合流しましょうか」とわたしに言ったが、

「僕のことはお気になさらず」

聞こえていたらしい坂間くんは、初対面の相手へ向けた配慮のつもりか、薄い微笑み

を浮かべながら断った。テーブル席に通されるとすぐに自家製サングリアが出てきた。

「シェフの奥さんがスペイン出身なんですよ。看板はタイ料理ですけど、それ以外のメニューも豊富ですので、ぜひ色々お試しください」

わたしがグリーンカレー、百合子がトムヤムクン、中さんはカオマンガイを注文し終えたところで、「引っ越しの報告してくる」とふたりに告げ、坂間くんの隣へ移った。

「何すか」

さっきの反応のわりに、坂間くんは澄ましていた。

「まだ言ってなかったんだけど、この辺に引っ越してきました。よろしくお願いします」

「そすか、やっぱり。もう完了してしまったものはどうしようもないすね」

寛大なのか呆れているのか、あっさりと言った。数時間前に職場で見たままの白いシャツを着ていて、手元にはキャベツのおつまみふうのものと、半分ほどに減ったサングリアのグラスがあった。

「すっごくいい物件があってね、駅も近いし、角部屋だし、正方形で」

言い訳のように続けていると、

「大丈夫すよ、誰も僕の近くに住みたいから引っ越したとは思いませんよ」

と坂間くんはキャベツの葉を片手に真顔で言った。箸があるのに、どうして手で食べているのだろうと思ったが、指摘はしなかった。

落ち着いて様子を見渡すと、店内は静かで、席どうしの間隔がちょうどよく離れている。タイ料理店にしては照明が暗く、テーブル席にひとつずつ置かれたガラスのランプの中の灯が揺れている。中さんと百合子の会話も、ぼんやりとしか聞こえなかった。ひとりでも来やすいかもしれない。

「坂間くん、こういうお店に来たりするんだ」

「普段はこないす」

「そうなんだ。じゃあ今夜は何で。いいことでもあった?」

坂間くんは無言でキャベツを食べていく。話したいのに我慢しているように見えたので、もう一度聞いてみた。

「何か、いいこと、あった?」

「……実はもう一度アレのオーディション受けませんかってさっき電話がありまして。今度は有休つかわないでこっそり土日のどこかで行ってくるんで会社の人には言わないでほしいすけど」

坂間くんは一息で、かつ早口で話した。

「えっ、すごいね」

「のど自慢は書類審査も通ったことないんすけど、アレは縁があるんですかね。アレって公式ホームページから簡単に誰でも応募できるんすけど、僕みたいな事務所にも入ってない一般サラリーマンが堂々と応募してくることはまずないって、前回のオーディションで言われたんです。でも今の番組の進み方からして、普通の男が必要になってきたらしくって、もう一回呼ばれました」

「そういうこともあるんだ。受かったら出るの？」

「受かりませんよ。万が一があったら会社と相談すね」

坂間くんは、ふうと細い息を出した。

「じゃあ、僕はこれで。ちょうど飲み終わったんで」

お店のおしぼりではなく、自分のポケットから取り出したティッシュで手を拭き、食べかけのキャベツを残したまま席を立つ。

「せっかくだから、あっちで一緒に飲もうよ」

「いや、いいす」

「そっか。帰ってアレを見るんだね」

「そすね」

「アレ、今どんな感じなの」

「前回、四十一歳のキクさんが二十歳のケンジのプリン食べちゃって。揉めてるんすよ」

今夜の坂間くんは通常に比べれば、なかなか素直なほうに分類される。間接照明で陰影のついた横顔も心なしか柔らかいように見えないでもなかった。

ささっと会計を済ませて出て行った坂間くんのテーブルに、キャベツのおつまみが三分の一ほど残ったままになっていた。やっぱりこれは箸を使うべきだと思い、割り箸を手に取った。誰も見ていないことを確かめ、ひとくち食べた。アンチョビとにんにく風味のソースが薄く絡んでいて鳥貴族のキャベツと同じくらいおいしい。箸が止まらず、気づけば平らげていた。我に返って百合子と中さんのほうへ戻ると、ちょうど料理が運ばれてきた。ホールは、この男性店員ひとりで回しているらしい。

普段はレトルトで満足しているグリーンカレーも、こうしてお店で食べてみると、レトルトにはない何種類もの粒や繊維が感じられる。

「ああおいしい、この癖になる感じ、レトルトと甲乙つけがたい」

心からの言葉だったが、中さんは、

「そんな、レトルトと比べたら失礼ですよ」

と笑いながら言う。百合子はわたしの側についた。

「最近のレトルトってすごいんだよ。中さん、レトルトを甘くみちゃいけませんよ」

食べながら中さんは、通い始めた料理教室で出会った年上男性と友人関係を築くまでの顚末《てんまつ》を語った。中さんが通っているのは、沙代里さんが勧めているのとは別のチェーンだった。

「中さん、料理の先生が彼女にしたい職業第一位だって前に言ってましたけど、そっちはどうなりましたか」

聞いてみると、

「は、ちょっと中さん、それ聞き捨てならないんですけど。SNSで書いたら炎上するやつです」

百合子はすかさず問い質《ただ》した。中さんは、かわいそうになるくらい百合子の勢いに怯《おび》えるような顔になった。

「は、はい、ですよね。百合子さんの言うとおり。僕たちの担当の先生は、元ラーメン店勤務の三十代男性で。勝手に、先生はエプロンの似合う美女ばかりっていう想像してたので、それとは違いました」

「ちょっと残念ですね」

わたしは言ったけれど、

「それが、そうでもないんです。先生、創作料理もおしゃれだし、ラーメン店時代の名残でネギを刻む速さ、半端ないんですよ」

と中さんは自慢げに続けた。

「ネギ刻む姿、めっちゃかっこいいんですよ。右腕の筋と血管がいい感じで、僕が女性だったら恋してるかもしれないですね。やっぱり料理ができるってかっこいいんですよね」

それには、わたしも百合子も同感だった。

「先生ね、家で毎日ネギを刻むんだそうです。筋トレ感覚だって言ってました。かっこいいでしょ」

「そのネギ、ひとりで食べるんですかね」と言うと、百合子は「めっちゃ健康になりそうだね」と感想を述べた。

同棲を始めたばかりの百合子が、太郎さんのタオルを洗う頻度で悩んでいることなどを話し終えたあと、あの店員さんが一枚ずつ「サングリア無料券」を配ってくれた。

タイ料理屋にはそれから、ひとりで立ち寄ることができるようになった。牛丼の吉野家・すき家と同じ感覚で出入りできている。あれ以来、坂間くんには出くわさないし、経営が心配になるほどお客さんが増えないが、ホールにはタイ出身だという片言の若者、通称「タイくん」が加わっていた。料理人たちは厨房から姿を現さないけれど、ホール担当の二人とは少しずつ会話をするようになった。片言ではないほうの日本人の彼は二つ年下で、東当《あがりとう》さんといった。

「東に当るって書くんですけど、ひらがなで書いたら九割の人が『ありがとう』って読み間違いますね。厨房のシェフと奥さんも言いにくいみたいで、アリガトーと呼ばれてます」

カウンターの中でグラスを拭きながら、東当さんは笑った。

「タイのかたって自分で自由にニックネームを付けるらしくて、タイくんも、本名はまったくタイくんじゃないらしいですけどね」

厨房にいるのは六十代後半の日本人シェフと、スペイン生まれの妻なのだという。ふたりは厨房の外に顔を出さないことをポリシーとしているそうだが、たまに奥から「アリガトー」と呼ぶ声は聞こえる。

東当さんの名前を知ったあたりから、閉店が近い時間帯、客がわたしだけのときは、試作品を食べさせてくれるようになった。厨房のほうから「アリガトー」としわがれた声が上がるのを合図に、東当さんが運んできてくれる。最初は、小皿に載った二種類のサラダだった。手持ちぶさたにしていたタイくんも寄ってきた。

「こっちがタイ風サラダで、こっちがスペイン風サラダ。どちらをランチのパスタセットに付けるか議論中みたいです」

「わたし、味にはかなり鈍いですよ。プロの料理ならほとんど何でもおいしいって思いますよ。どちらがいいとか言えません」

そう断ったが、

「大丈夫ですよ、ふたりがぜひ、お客さまに食べてほしいそうです。もちろんお代は結構とのことで」

食べない限り、タイくんと東当さんはその穏やかな笑顔のままわたしの前に立ち続けていそうだったので、二つのサラダを交互に口に運んだ。

「どちらもすごくおいしいです、ドレッシングが凝っていて。さすがプロです」

つまらない感想に恥ずかしくなったが、再び「アリガトー」と呼ばれた東当さんは、タイくんと一緒にまた厨房に入り、戻ってきた。

「喜んでました！　ありがとうございます」

それ以降、試作品だといって差し出されるものの中には、具だくさんのお好み焼きや名前のわからない丼ものなどもあった。たまにタイくんも同じものを食べているし、「これはいわゆる、まかないでは」とも思ったが、受け取っている。ほぼ「おいしいです」か「プロの味ですね」程度しか言えないが、ひと月が経っても続いている。

東当さんの背の高さと、眉だけが目立つ薄味の顔立ちには、白い半袖のシャツと黒いエプロンが、とてもよく似合っていた。坂間くんのシンプルさとは何かが違った。

話しかたと声は外見の印象のわりにのんびりとしていて、緊張を解いてくれるので、だんだんと、「失・真島」のことや沙代里さんのことも話すようになっていた。東当さんは当初は穏やかに相づちを打つだけの接客スタイルだったが、わたしが吉野家感覚で出入りし、なぜかシェフの試作品のおこぼれにまでありつき、サングリア一杯で気持ちよく酔って長居して愚痴を言うためか、たまに鋭い意見を言うようにもなってきた。

「須田さん、僕に言わせればそんな失・真島ひとつ、絶望のうちに入らないですよ」

「その真島という人の言い分は正直よくわからないですよ。料理には正しいも間違いもないですからね」

「失・真島とサングリアでそんなに酔えるなんて、須田さんて何ていうか、相当幸せな人生歩んできたんですね」

東当さんが時折、笑顔のままそういうせりふを投げてくれるのは、居心地がよかった。

タイくんがお休みの日、めずらしくパスタが出された。

「これ、おいしいです。トマトソースですけどイタリアンというより、どこかアジアっぽい風味もあって。タイくん、惜しいことしましたね」

久々に長めの感想が言えた。

「このパスタには隠し味で魚醬《ぎよしよう》も入ってるそうです」

「魚醬？」

「ナンプラーのことです」

「ナンプラー、わたしが生涯買わないであろう調味料リストに入っています」

言うと、東当さんは上を向いて笑った。

「本当に料理苦手なんですね」

「そうですよ」

「そのリスト、ほかには何が」

「色々ありますけど、レギュラーメンバーはみりんですね。入れても入れなくても、変わらない気がしませんか」

いつもであれば、このあたりで鋭いひと言をくれるので身構えていたが、東当さんは一旦何かを考えてから、

「今度、僕の練習作も食べませんか。閉店後とかになっちゃいますけど」

よくわからない流れで、提案してきた。

「ただで食べさせてもらえるのは、もちろんうれしいですけど、でもその役割って、み

りんを買わないような人間でいいんですか」

　確かめたが東当さんは、

「もちろん」

と頷いた。都合の良さそうな日があれば教えてほしいと言われ、連絡先を交換しているとき、

「そういえばこの店の名前の意味、知ってますか」

　スマホから顔を上げ、東当さんが聞いた。

「サワン、ですよね。タイ語ですか」

「はい。タイ語で楽園っていう意味なんですよ」

　そうか、ここがユートピアのはずれの楽園だから、わたしはおいしいものを恵んでもらえるのだろうかと、ほろ酔いの頭で考えた。


　今夜はどうですか、とメッセージが入ったのは、三日後だった。閉店後の店で、東当さんは鶏肉の入ったココナツスープとパッタイを作ってくれた。

　東当さんはわたしが食べようとするのを、真正面から見ていた。それまでよりずっと力が入った眼差しをしていた。坂間くんが言っていた、人間の三大欲求を見せるのは恋人だけでいい説を思い出して、動作にぎこちなさが加わったが、スープからひとさじ、口に運んだ。

わたしの舌ではシェフの作るものと遜色ないように感じた。全体的に癖のない優しい味だが、たまにピリッとする。東当さんに似ているのかもしれないと思った。

「東当さん、わたしにとってはもうプロの味ですよ」

そう言うと彼は眉毛を八の字にして「よかった」と言った。厨房にはまだオーナー夫妻がいるようで、食器がぶつかり合うような音が聞こえていた。パッタイは、数日前にここでシェフのものを食べたばかりだったが、同じようにおいしかった。

「やっぱり、食べてもらうのは緊張しますね」

「みりんの味もわからない素人相手でもですか」

「そんなの関係ないです。むしろ、みりんの味もわからない人においしいって言ってもらえる料理が理想です」

半分ほど食べ進めたあたりで、やっと東当さんも肩の力が抜け始めたようだった。

「東当さんは、いつから料理人になりたかったんですか」

「そういえば、いつからだろう」

「実家も飲食店ですか」

「いいえ、うちの母は料理しないんです。朝食はパンとバナナと牛乳って決まってたし、高校生になると、昼は五百円玉を渡されて自分で調達するスタイルでした。たま～に弁当を作ってくれたけど、ほぼ冷凍食品。そうだ、一個下の弟は野球やってたんですけど、高校に上がると五百円じゃ足りないってことになって。僕が二人分の弁当を作るようになって。そこからですかね。必要に迫られたパターンです」

必要に迫られて料理を始める。これも、よく聞くやつだ。必要に迫られても変われないわたしは、やっぱりどこかおかしいのだろうか。

「料理の専門学校に通って、その後は学生時代からバイトしてたファミレスの厨房を続けてました。でも将来は自分の店を開きたくて、個人店で修業したいって考えてるときにちょうどシェフと出会って。今はここでお世話になりながら料理と経営も見させてもらってるって感じです」

「東当さんて、しっかりしてますね。うちは母が料理好きで得意なんですけど、ひとり娘のわたしは正反対なんです。お母さんが料理をしなくても、東当さんみたいに育つこともあれば、がんばって料理してくれても、わたしみたいになっちゃうこともあるんですね」

「うーん、料理は愛情って言葉、あるじゃないですか」

「ありますね。最近よく聞きます」

その言葉を口にしたときの沙代里さんを思い出す。聖母のような表情だった。どうしてみんな、料理を語るときに愛情を――。

「嫌いなんですよね、その言葉」

予想から外れたことを東当さんは言った。

「それはすごく、意外です」

「僕、料理は愛情って言われると、自分が母から愛されてなかったって言われているような気がしてくるんです。家事が下手でも、料理をしなくても、母から愛されていた自信はあるんですよね。いや、自信というか、愛されていたのは事実です。これは誰が何と言おうと僕にはわかってる事実で」

「東当さんが愛されて育ったっていうのは、なんとなくわかりますよ。東当さんを見ていれば」

「……ありがとう」

「その言葉はわたしも嫌い、というか、信じたくないんです。こんな自分になったのは母のせいじゃないのに、そう言われてる気がして、申し訳なくて」

東当さんは頷きながら聞いた。

「それにわたしは、好きな人に料理を作ってあげたい気持ちが湧かない性質みたいなんです。前にも話した真島さんのこと、すごく好きでしたけど、その人のためにと思っても料理は好きになれなくて」

愛情が足りていないからだ、覚悟が足りていないからだ、そう言われたら、それまでなのかもしれない、でも。

「好きならこうなるはずだと決まっているなら、その決まりからはみ出た人の好きは、どこに行っちゃったことになるんでしょうね」

わたしが言い終えたときに厨房から派手に鍋類が落ちる音がして、続けて「アリガトー」と助けを求めるシェフの声が響いた。

「ちょっと見てきますね」

東当さんは苦笑いしながら行ってしまった。

楽園《サワン》は八月の半ばに十日間の休業に入った。夫婦が夏恒例のバカンスに出かけるためだ。タイくんも故郷へ一時帰国したそうだ。楽園の外で初めて東当さんに会ったのは、その期間中だった。商店街に入ってすぐにある小さな書店で偶然、見かけた。東当さんは、料理本のコーナーで立ち読みをしていた。

暑い日で、夜が来ても昼間の蟬の声がひときわ耳に残っていた。蟬の声は真夏のホッキョクグマにつながる。改札を抜け商店街へ入ると、足は自然と書店に向かっていた。ホッキョクグマにつながる。好きになれないものを、好きになりたがるのをやめる。そう決めたはずだったのに、真夏のホッキョクグマの姿を思い出すと、どうしてか、料理本を眺めたくなった。

ほとんどが雑誌とマンガで埋まる狭い店内にも、料理本には独立したスペースが設けられている。そのうちのどれかを、できれば沙代里さんのような料理研究家の女性が表紙を飾る料理本を、めくりたい気持ちになっていた。

「あれ、東当さん」

料理本が収まる書棚は、彼の長身で覆われていた。

「あっ須田さん、お仕事帰りですか」

東当さんは、エプロンがないだけでずいぶんリラックスしているように見えた。

「はい。東当さんは、バカンスにはついていかないんですね」

「夫婦水入らずの邪魔はしません」

「どこか旅行に出かけたりもしないんですか」

「行かないですね。僕、海外は学生時代に行き尽くしたんで」

東当さんの手元にあるのは、『太らない！　深夜のまんぷく安眠ごはん』というレシピ本だった。表紙にはナイトキャップを被ったブタのイラストが描かれている。家にもある本だとすぐに気づいた。

「それ、わたし持ってますよ。あげましょうか」

「えっ、いいんですか」

「レシピ本、実はたくさん持ってるんですけど、あまり見ないようにしていて」

「例の、前の彼を思い出すというやつですか？」

「ですね」

「それでも、料理本コーナーには来ちゃうんですか」

「来ちゃってましたね、気づいたら」

何てことないように言ったつもりだったが、

「あの、もしよかったらですけど僕、料理本もらいますよ。これだけじゃなくて何冊でも」

と東当さんは遠慮がちに申し出た。

「一時保管所とでも思って、預けてくれていいですよ」

背を丸くし、わたしのほうをのぞき込んでいる。そんな「失・真島」は絶望のうちに入らない、と繰り返しわたしに言う東当さんも、似たような失恋をしたことがある人なのかもしれないと、その目を見ていたら思った。

「ありがとう東当さん」

繋げて口に出すと、前に東当さんが言っていたとおり、早口言葉のようだった。

「そうだ須田さん。晩ご飯がまだなら、これからどうですか。本を借りるお礼です。僕、作りますよ、楽園で」

「いいんですか」

「はい、僕もまだなんで。一緒に食べましょう」

「ご夫婦のバカンス中に勝手に入って大丈夫なんですか」

「そのへんは心配いりません。火の元さえ気をつければ、自由に練習に使っていいと言われているので。こう見えて結構信用されてるんですよ」

東当さんは腕を少し伸ばしただけで、棚の一番上に『太らない！　深夜のまんぷく安眠ごはん』を戻した。

扉の「CLOSED」の札はそのままにして、東当さんは冷房のスイッチを入れた。

いつものサングリアを出し、エプロンをつけると、わずか三十分ほど厨房にこもっただけで戻ってきた。

「こっちはトムヤムクン風味の海老納豆チャーハンで、こっちのスープはスペインのガスパチョ風です。急だったんで、米は早炊きですけど」

わたしが座って呼吸していただけの時間でこれを作り上げたとは、まさに魔法だ。

「おいしいです」と言い、東当さんが「よかった」と笑うお決まりのやり取りが終わってから、彼はカウンターを出て隣に座った。ふたりきりの楽園は初めてだった。東当さんは、腰を掛けてもわたしより頭二つ分ほど大きかった。関節のしっかりとした長い指でスプーンを操り、東当さんが食べ始めると、チャーハンはますますおいしいものに思えてきた。スプーンが皿に触れる音だけが続いた。

「ここっていつも、音楽かかってましたっけ」

「かけてますよ。有線の、それっぽいのを」

「まったく意識してませんでした」

「BGMなんてそんなものですよ」

「……真島さんが話してました。料理と音楽は似てるって。ちょっと間違うだけで全体に影響する、とか」

「うーん、やっぱりその彼と僕、まったく考えが合わないです。僕は料理と音楽は全然違うと思いますよ」

「そうですか？」

「料理は間違ったと思っても、後からどんどん味を変えられるじゃないですか。塩や砂糖を足したりして。そこが楽しいというか。間違いや失敗っていうのがないんですよ、あきらめない限り。ここで終わりだと自分で決めない限り」

東当さんはスープの表面を見ながら話していた。

「そういう微調整って、誰でもできるわけじゃないですよね」

「ですね。僕もまだまだで、どうしようもなくなったら、最後は魚醤を入れたら何となくいい感じになることが多いですけどね。だから須田さん、ナンプラーは持ってて損はないですよ。もちろん、みりんも」

気づけばわたしのチャーハンは三分の二がなくなっていた。

「東当さんくらい料理ができても、彼女や結婚相手は料理上手な女性がいいって思うんですか」

「いや、僕は思いません。男性に台所に立ってほしくないっていうタイプは、苦手ですかね。僕はどっちかというと、好きな人に作ってあげたいほうですし」

ため息が漏れた。東当さんのような感情を持って生まれたかった。

「東当さんは、料理は愛情って思わなくても、好きな人に料理してあげたいとは思える人なんですね」

「はい。弟に弁当作ってたのも、そういう気持ちがあるからだと思います。須田さんは、料理が下手なんですよね。嫌いなんですよね？」

「はい、わたしは料理が下手で嫌いです」

答えたあとで胸がざわざわと鳴ったので、「またか」とうんざりした。当たり前に誰からも愛される生まれたての子パンダが顔を出す。

「下手で嫌いです、けど」

「けど？」

「好きになれたらいいのにとは、やっぱりまだ、どこかで思っているみたいです。自分は料理が下手で嫌いだと口にすると、ものすごく嫌な気持ちになります。人として大切な何かが欠けている感じがしてしまいます」

「そんな。料理が好きでも嫌いでも、須田さんはちゃんと人間ですよ」

「そうでしょうか」

子パンダはまだ、わたしを責めるように小さく震えている。わたしはまだ、料理が下手で嫌いな自分を認められていないのだ。

「今は料理本を見るだけで気が滅入るのに、来世は料理本を出すような人に生まれたいんです」

「単に、前の彼のことが今も好きってことなんじゃないですか」

「いえ、ちゃんと吹っ切ったんです。引っ越しもして。でも何でしょう。自分でも不思議です。例えるなら、卵アレルギーだけど卵が食べたくて仕方ない人、みたいな感じでしょうか」

「まどろっこしいな。好きになりたいなら、好きになりましょうよ！」

東当さんは小さいガッツポーズを作り、熱血教師のように言った。

「僕は好きか好きじゃないか、しかないタイプなんですよね」

「いいですね」

「これもこれで、厄介ですよ。勝算がなくても好きになっちゃうんですから。例えば僕は今、料理が下手で嫌いで、失恋程度で絶望した気になっちゃってる人間が好きみたいなんです。脈は今のところ、ありません」

「あれ」

「あれ？ってなんですか？伝わってますか」

東当さんの眉は、いつも以上に八の字になっていた。男の人側から告白を受けるのは生きていて初めてのことだったので、驚いた。

「でもどうして。わたしはここで食べるか飲むか愚痴を言うかしか、してないですよね」

「はい。須田さん、初めて来たとき、同僚のかた、坂間さんでしたっけ、彼の食べ残しをこそこそ完食してましたよね。あれ見たときに、うわ、貧乏くさいことしてる人がいる、って思ったんですけど。そのあとも須田さん、一切残さないんですよ。海老のしっぽ、付け合わせのパセリ、サングリアの氷までかじるじゃないですか。すごいです」

家での生ごみの片付けが面倒で始めた残飯処理癖が、良い方向に働くなんて。やっぱりここは楽園なのだ。

「それに料理が下手で嫌い、でも好きになりたいって、ものすごい矛盾を堂々と言っている須田さんのこと、なぜか応援したいって思っちゃうんですよ」

「それ、わたしのこと、料理が苦手なお母さんと重ねてませんか」

「そうなんでしょうか」

「もしもわたしが東当さんのおかげで料理を好きになれたら、飽きちゃうんじゃないですか」

「うーん、須田さんはたぶん大丈夫な気がします。須田さん、そこまでは変われません」

褒められているのかよくわからなかったが、思わずサングリアをあおった。焦るほどのどが詰まり、口いっぱいに含んだものを飲み込めなくなって沈黙は続いた。

「返事はいつでもいいですから」

あわてて頷いた。東当さんの耳が赤かった。好きになりたいと思った。わたしは東当さんのことも、ものすごく好きになりたい。

時間をかけて、飲み込んでから言った。

「東当さんと一緒に行きたい場所があるんですけど、いいですか」

アスファルトはまだ昼間の暑さを吐き出し続けていて、店の外はお湯がまかれたように蒸し暑かった。シャッターが目立つ商店街を、駅のほうまで引き返す。二十四時間営業のスーパーを目指した。

自動ドアを抜けると、強い冷気が体の脇を抜ける。カートを押し、調味料売り場へ一直線に向かった。数歩遅れて、東当さんがついてくる。二十四時に近い店内は客もスタッフもまばらで、目的の棚と棚の間を通りかかる人はほかにいなかった。わたしは、みりんを探し出した。一番有名どころのクリアボトル入り。見る限り一番大きいサイズを一本かごに入れてから、東当さんのほうへ勢いをつけて振り返った。

「あの須田さん、これはどういう意味ですか」

エプロンのない東当さんは所在なげにしていた。

好きか好きじゃないか。そのふたつだけだったらずっと簡単だ。でも東当さんの姿を見つめるほど、そのどちらでもない、好きになりたいが膨らんでいった。好きになりたいは好きとは全然違うと理解したつもりだったけれど、もう一度だけ、好きになりたいを信じてみたかった。

「わたしは今夜、みりんを生まれて初めて買います」

「みりん」

「好きになりたい。わたしは料理を好きになりたいんです。今度は恋愛とか、男女とか、抜きにして、ただ自分のことを好きになるために。だからすみません、やっぱり料理本、全部はあげられません」

東当さんの眉尻はますます下がった。

「えーとすみません、つまり、どういうことですか」

「つまり、まずはお友達からお願いできませんか」

東当さんは驚いた柴犬のようになって目を見開き背筋を伸ばし、やがてかしこまって言った。

「はい。ではお友達から」

料理酒や酢や醬油に囲まれて握手を交わした。東当さんは、右手をそのまま左手に移し替え、わたしをエスコートした。

「須田さん、ひとまずは料理を楽しめるようになりましょう」

スーパーが舞踏会場のようになった。ボトルの白だし、顆粒鶏がらスープの素、コンソメキューブ、めんつゆ、甘みがついた調味酢、カレー粉、ごま油、すりごま、焼き肉のたれ、値段が高めのドレッシング三種類、チューブ入りのすりおろしにんにくと生姜、キッチンペーパー、そして魚醬。東当さんは、広いホールの隅々まで使って踊るようにわたしをリードし、売り場をめぐった。みりんだけだったかごに東当さんの手で、次々と品物が足されていく。

「これが揃っていれば、ある程度の料理はおいしくできます」

東当さんは断言した。暗い場所から連れ出してくれる王子のようにも見えた。

家の近くの、電信柱の前で別れた。

「今度一緒に料理をしましょうか」

デートなのに料理しないといけないのか……と思ってしまう。それが表情に出ていたようで、東当さんが笑った。

「じゃあ、また」

彼の細長い後ろ姿の上の、夜の空がいつもより高く見えた。さっきまで東当さんが持ってくれていた買い物袋は、汗ばんだ腕に食い込むように重かった。

暑さは昼間とほとんど変わらないのに、蟬は鳴かない。近くの大通りをバイクが走り抜ける音が消えたあとで、どこかの部屋の窓が開かれた音と揺れる風鈴の音が降ってきて、周りの温度が少しだけ下がった。東当さんがもう一度振り向いて右手を大きく振ったとき、数年前に流行した夏の歌が、風鈴と重なって頭の中で鳴った。

シェフと奥さんはバカンスから無事に戻った。相変わらず姿は見せないが、東当さんによれば、ひどく日焼けをして帰ってきたらしい。タイくんからは、派手な鳥の羽がひとつついた麦わら帽子をもらった。

お風呂から出たとき、百合子はその麦わら帽子を被って棒のアイスを食べながら、彼女専用のベッドと化しているソファで、テレビを見ているところだった。百合子が転がり込んで三回目の夜になっていた。

最初は「宿泊費を払う」と言ってくれたがそれは断って、代わりにふたりの夕食を買って来てもらうことにしている。今夜はお惣菜のてんぷらを添えた素麺を食べた。

「太郎さんから連絡は?」と聞くと、「あるけど」とテレビから目を離さず答える。

同棲を始めて二ヵ月ほど経った百合子と太郎さんは、長引くけんかをしていた。きっかけは料理だった。百合子は三日前、電話をかけてくるなり話し続けた。

「ふたりとも働いていて、帰る時間も同じくらいだから、料理も分担しようって、太郎さんから言ってきたんだよ。だけど、わたしのほうが手早いってことで結局、太郎さんには火曜と金曜の夜だけ担当してもらうことになったの。でもね太郎さん、毎回、すき家の牛丼買って帰ってくるの。ふたりぶん」

最初、それのどこが百合子を怒らせているのかわからなかった。

「何がだめなの」

「だめだめだめ。全然だめよ。こっちがどれだけ苦労して、面倒な思いをして、栄養や味のバランスや予算を考えて料理しているのか、太郎さん全然理解してないよ。そんなのでいいなら、わたしだってそうしたいよ。でもわたしが土・日・月・水・木に牛丼買ってたら、食生活崩壊よ？」

「そうか」

「だいたい、わたしが少しくらい手早く料理できるって言ったって、料理が面倒なことには変わりないの。料理に慣れてない太郎さんが感じる面倒さと、料理できるけどそれほど得意ではないわたしが感じる面倒さって、ほぼ同じだと思うんだよね」

百合子の不満はあふれ続けた。

「太郎さん、ひとり暮らしの時と感覚が変わってないみたいなの。わたしは、今夜は素麺だけでいい気分だなって思っても、太郎さんがいるからおかずも作ったほうがいいよねって考えたり、料理に費やす時間がものすごく増えたの。もちろんお惣菜買って帰る日もあるよ？　でも、それだって前はパックのまま食べてたけど、今はお皿に移してる。そのお皿は洗わなきゃいけないわけだしさ」

「まあ、そうだよね」

「太郎さん、わたしが何を怒っているのかわからないみたいなんだよね。『百合ちゃんも疲れた日は外食でいいよ、俺は毎日すき家でもいいくらいだよ』なんて言ってきたの。お金を貯めるために同棲したのにさ。あとさ、太郎さんって鍋類を洗ってくれないんだよね。『汚れを浮かす』とか言って水に浸してさ、『後で俺が洗うから絶対触らないでね』って言うわりに深夜まで放置してるから、いらいらしちゃって、結局わたしが洗っちゃうの」

口を挟む隙も無くなっていた。

「決定打になったのは、さっき、戸棚から味付きからあげ粉を見つけたときの『百合ちゃんって、こういうの使う派だったんだ』発言ね。ちょっとがっかりした声色《こわいろ》でさ。いつも、その粉のおかげで短時間でおいしくなってるのを、ばくばく食べてるくせにさ。からあげにどれだけの手間がかかるか知らないくせにさ。ていうか揚げ物なんてしたこともないくせにさ。それでさ、急でごめん。家出してみようと思うんだけど、おじゃましていいかな」

しっかり者である百合子から頼られるのは久しぶりで、太郎さんには悪いけれど少しうれしかったくらいだ。太郎さんからは、すぐに電話があった。

「俺たち、ひとり暮らしが長かったから。ストレス溜まっちゃったみたいなんだ。すぐ落ち着くと思うから、今週末には迎えに行くよ。迷惑かけてごめん」

やはり太郎さんは、百合子の怒りの理由をよく分かっていないようだったが、わたしにもうまく伝えられそうになかった。「迷惑ではないですよ」とだけ伝え、百合子の様子は逐一報告すると約束した。

それからの百合子は我が家から出勤し、我が家に帰ってきた。百合子の働く小学校も夏休み中で、普段ほど忙しくないらしい。

アイスの棒を捨てた百合子が、「優花はいいなあ」と言った。

「ほんといいよね、料理上手な彼って」

「彼じゃないよ、敬語を使う間柄だし」

間違って落札した男性用LサイズのバンドTシャツを一枚、あげた程度の進展しかない。わたしと色違いになる。

「でも優花のよさに気づいてくれる男の人がやっと現れて、うれしいよ。これも東当さんの指導で買ってきたんでしょ？　優花の家にみりんとかキッチンペーパーがあるなんて、すごい進歩だよ」

買ってくれた調味料は、出窓に並べていた。水をあげなくてもいい観葉植物のようだ。

「ちゃんと使ってる?」

「みりんは開封したよ。まだ使ってないけど」

「東当さんに使い道、ちゃんと教えてもらいなよ」

「うん。また今度、あそこのタイ料理も行こう」

「いいなあ、料理人なんて今、夫にしたい職業ナンバーワンだよ」

「中さんが言ってたのと似てるね、『料理教室の先生と付き合いたい』『結婚したい職業ナンバーワンだ』みたいなこと、言ってたよね」

「男の人に言われるといらっとするのに、言っちゃうね」

「まあね」

扇風機の首をソファ側に固定してから、百合子の隣に腰かけて聞いてみる。

「今ごろ太郎さん、すき家してるのかな」

「だろうね。金曜日だし。ねえ、それより明日どうする? 久しぶりにふたりでどこか遊びに行っちゃう?」

百合子は大学生のときみたいに、はしゃいだ声を出す。

「いいね。でも明日も暑いみたいだよ。ほら、最高気温三十六度だって」

データ放送の天気予報を見て返しながら、あのロックなホッキョクグマのことを思い出した。こんな猛暑でやっていけているのだろうか。氷はもらえているだろうか。そういえば真島さんの誕生日まであと一週間もない。今年も彼は行くのだろうか。気づけばまた思考が真島さんに向かってしまっていて自分がいやになる。東当さんにも百合子にも後ろめたいような気持ちになる。

「百合子、明日、動物園に行かない？　ホッキョクグマ見ようよ」

夏のホッキョクグマに会うのは今年で最後にしよう。そう決めて、誘った。夏のホッキョクグマを忘れることは、真島さんを忘れることと同じだ。だるそうなホッキョクグマに別れを告げて、もう思い出さないと誓おうと思った。

「なんでよ。ホッキョクグマって毛に覆われてて暑苦しいよ。水族館にイルカ見に行こうよ、イルカ」

最初、百合子は反対したが、夏のホッキョクグマの魅力について、真島さんのことは言わずに説明すると、渋々考え直してくれた。

前の年に見たときは一頭だったのに、今年は二頭いたので、最初から調子が狂った。看板の説明をよく読んでみると、その動物園ではもともと、ホッキョクグマはオスとメスの二頭が飼育されているとのことだった。普段は一頭ずつ外に放すのだが、様子を見て短時間、二頭一緒に放すこともあるのだという。

予想どおり、二頭を上から見渡せる屋根のない位置は空いていた。日を遮るものはなく、ただ立っているだけで額から汗が流れ落ちる。あいかわらず蝉はじりじりと鳴いていて、近くには、脚立にカメラを据えて熱心にホッキョクグマを狙うおじさんがひとり居るだけだった。もうすぐ氷の時間が来る。

「これから出てくる氷で占いができるんだよ。あのホッキョクグマが氷にたくさん触れたら、これからの一年は要注意。少しだけ触れた年は可もなく不可もない。まったく触れなかったら何かしら期待できる一年になるんだって」

百合子は、タイくんのおみやげの麦わら帽子をかぶり、わたしが貸したバンドTを着、花柄のハンドタオルで目以外の顔を覆っている。ものすごくロックな人に見える。

「本当に？　どこ情報よ。太郎さんとの今後、占ってみようかしら」

おじさんのカメラのシャッター音が連続で鳴って、氷を運ぶ飼育員が入ってきた。二頭とも、体を重たそうに揺らしながら氷に近づくと、すぐさま口をよせた。

「あっ」

どうやら氷が去年より改良されたようだった。中に、エサらしきものが埋め込まれている。ホッキョクグマは二頭とも、早くそれにたどり着こうと一生懸命、氷を舐めている。

「要注意か……」と百合子はつぶやいた。

あっけなく占いの結果は出てしまって、ホッキョクグマたちが泳ぐプールの中が見られる日影のエリアに移動し、ベンチに座った。彼らはまだ陸のほうで氷を溶かし続けていたので、少しミルク色がかって見える水中に、光が差し込んで揺れるのをただ眺めた。

「あのホッキョクグマのカップルみたいにさ、第三者が食事を用意してくれるのが最高だよね。あの子たちは少なくとも、わたしと太郎さんのような理由でけんかをすることがないんだから」

ホッキョクグマと自分たちを比べるなんて、百合子はだいぶ、深刻な状態になっているようだ。

「いや、彼らのほうが過酷な状況で生きてるよ。考えてみてよ、本来は北極にいるんだよ」

「そっか、そうだよね」

百合子がしゅんとしてしまったので、

「でも、料理ってほんと面倒くさいよね。料理は愛情とか言うでしょ。わたしは、それは違うって思うんだ」

励ますつもりで言った。だが百合子は、

「そうかな。わたしはどちらかといえば、料理は愛情だって思うほうなの」

と曇った表情のまま言った。

「そうなんだ」

「うん。太郎さんには、体にいいものを食べて長生きしてほしい。料理は愛情を形にするわかりやすい方法だよ。でもさ、料理ってひとりでできちゃうでしょ。それが話をややこしくしてると思うんだよね。片方が、片方に見えないところでできる愛情表現って、難しいよ。与えるほうも受け取るほうも、たくさん想像しなきゃいけない」

プールに斜めに落ちる光の帯を見ながら、百合子の言ったことを頭の中で繰り返した。ホッキョクグマが一頭、大きな音を立ててプールに飛び込んだ。水泡をまとった白い巨体がゆらりと横切って、目の前が涼しくなった。

「ゆ、百合ちゃん」

声がして振り向くと、太郎さんが汗だくで立っていた。膝までの丈のズボンが、夏休みの子どものようだ。わたしがこっそり伝えていた時刻より、だいぶ早く到着してしまったらしい。緊張した様子で、腕には籐《とう》のピクニックかごを抱えている。

「ごめん。俺なりに考えて、とりあえず、からあげを作ってきてみました」

立ったままの太郎さんが、わたわたとかごを開いた。もわりと生温かいスパイスの香りが漏れる。中には大量のからあげが詰まっていた。温かいまま詰めたからなのか、衣がふやけてくっつき合って、見るからにべちゃりとしている。

「戸棚にあった味付きからあげ粉、使ったよ。でも難しかった。百合ちゃんがいつも作ってくれる味にも形にもならなかった。キッチンペーパー、無駄にたくさん使っちゃった、ごめん。そこまで飛ぶのかってくらい飛び散った油の掃除もまだです、ごめん」

百合子は歩み寄り、

「……箸は？」

と、そっけない声で聞いた。

「あっ、ごめん、忘れた」

太郎さんが気の毒なほど慌てた声で謝ると、百合子は大きくため息をついてから、指でからあげを一個つまんでベンチに戻ってきた。わたしは太郎さんに「座りましょう」と目で合図を送り、百合子を真ん中にして並んだ。

「俺、百合ちゃんが料理できる人だって思ってた。いや実際、百合ちゃんは料理できる人なんだけど。なんていうか、もっと、息をするみたいに料理ができる人だって思ってたんだ。勝手だけど、百合ちゃんみたいにてきぱきしてる女の人ってそういう人がほとんどだって思ってて」

「だから、わたしはそういう人間じゃないんだってば。申し訳ないけどそういう人がいいんだったらわたしじゃなくて……」

「違うよ、そういうことが言いたいんじゃなくて。俺が勘違いしてたんだ。からあげ作ってみて、たったこれだけだけど、もう今日は何もしたくないくらい疲れ果ててるんだ。息するみたいに料理できる人なんて、いないかもしれない。どういう準備や作業をしてるか、自分が知らないから、息してるだけに見えてただけだ」

百合子はからあげを口に放り込み、咀嚼《そしやく》を終えた後で、堰《せき》を切ったように話し出した。

「料理したくないわけじゃないの。でも、喜んでしたいわけでもない。太郎さんが言ったようにひとつひとつが面倒くさいの、すっごく面倒くさい。メニューを考えてると、泣きたくなるくらい。婚約も何もかも放り出したくなるくらい。太郎さんのことが好きだけど、好きだから、毎日毎日料理するのが面倒くさい。でも面倒くさいからしません、とは結論づけられないし、あぁ、もう考えるだけで面倒くさい」

太郎さんは聞きながら、自作のからあげを見つめていた。

「うん。ごめん」

わたしは手を伸ばし、からあげをひとつもらった。からあげより、てんぷらに近かった。衣がやけに厚く、焦げ臭いのになぜかふやけていて、口に入れても柔らかかった。でも、火は中までしっかり通っている。食中毒にはならないだろう、と思いながら噛んでいると、百合子が作ってくれたときと同じ旨みが染み出した。

味が広がるのと一緒に、見えてきた。キッチンの気温は、フライパンと油の熱でますます上昇する。油に鶏肉を滑り込ませると、ほかのすべてを覆う暑苦しい音がたつ。床とステンレスの台が飛び散った粉と油で汚れていく。換気扇を回し忘れていて、空気そのものがベタつく。頭にタオルを巻いた太郎さんがそこで、悪戦苦闘している。

これが百合子の言っていた、受け取るほうが想像しなきゃいけない愛情なのだろうか。

太郎さんのからあげはその想像を、自然にさせた。

「うん、これ、かなりおいしいですよ」

わたしが言うと、太郎さんは少し頬を緩めた。

「俺、とりあえず、すき家は週一にする。あと食洗機を買おう。百合ちゃんに渡す食費の増額も検討しよう。改善策、ほかにもあれば教えて。だから、帰ってきてほしい」

百合子はからあげをさらにいくつか続けて食べてから、小さい声で「いいよ」と言った。

「さっきからずっと思ってたんだけど、今日の百合ちゃん、面白い帽子かぶってるよね」

そう太郎さんが言ったので、やっと三人で笑った。帽子についた羽根も揺れた。

太郎さんが冷たい烏龍茶を買って来てくれて、そのままベンチに並んで三人でからあげを山ほど食べた。指先と口の周りが油で光った。

ホッキョクグマはまた陸に上がったあと、いなくなっていた。写真を撮っていたおじさんは、カメラを担いで不思議そうにわたしたちを眺めながら帰っていった。

真夏日の野外で、空のプールを見ながら、ふにゃふにゃのからあげを食べ続けることは、夏のホッキョクグマに並ぶロックな行為である気がした。

百合子は荷物をまとめ、麦わら帽子を置いて、太郎さんと帰っていった。改札で見送ったあと、あの占いが今回は当たらなかったのだと気づいた。

夜の前に鳴く蟬の鳴き声で辺りが埋まっていた。おなかは、からあげでいっぱいだった。商店街の和菓子屋で、バニラアイスを挟んだたい焼きだけを買うことにした。

百合子と太郎さんのことに気を取られ、ホッキョクグマに集中出来なかったからだろうか、財布から小銭を取り出す間も、年配の店員さんが「今日も暑かったからこれが一番売れたわ」と言い、「そうなんですね」と返す間も、真島さんへ送る文面を頭の中で組み立ててしまっている。

「氷がエサ入りに改良されたため、今年の占いの結果は今後どうやっても悪くなると思う。でもあの占いはたぶん当たらないから、気にしなくていい。もしどうしてもホッキョクグマで占いをしたいのだったら、別の占いを考えたほうがいい」

そう伝えたくなってしまっている。

和菓子屋を出て、大通りの横断歩道を渡ると、雨が急に落ちてきた。夕暮れに近づいていた空があっという間に暗くなり、雨が強くなったので、商店街へ走って引き返した。出口には傘を持たない人が溜まっていて、そこに加わった。たった数秒の間にTシャツは濡れて色が変わっていたが、アーケードの下は嘘のように平和だった。さまざまな食べ物の匂いに雨の匂いが混じっているほかはすべて、いつもと同じだった。蛍光灯は変わらぬ彩度で光り、店先の人々は雨に気づいていないかのように働き、後ろの主婦らしきふたり組は「すぐ止むわよね」「そうよ、ゲリラ豪雨ってやつよね」と話している。アーケードを打って強く響く雨音も、のどかに聞こえて不思議だった。

やがて、雨足が弱くなるより先に、空の明るさが戻り始めた。落ちる雨粒に夕焼け色の光が当たって、どこかのテーマパークの水のショーでも見物しているような気分がしてきた。アーケードの外が、本当に別の世界に見えてきた。商店街は晴れだけが続くユートピア。そのはずれの楽園の、東当さんの姿が浮かんだ。

ふと、真島さんはここではない場所にいるのだと思い知る。雨が降っても、真島さんには沙代里さんがいる。大好きな人が隣にいる真島さんに、きっともう夏のホッキョクグマは必要ない。

わたしだけが、こだわっているのかもしれない。頭の中ででき上がっていた真島さんへの文章を消していった。

外の世界に降る雨を見ながら、ひとりでからあげを作ってみようと思った。わたしは真島さんがいないこっちの世界で、真島さんとは関係なく料理を好きになる、自分を好きになると決めたのだから。真島さんの連絡先のデータを消去する画面に触れたその一瞬だけ雨音が途切れて、真島さんの口癖が聞こえた気がした。

「それ、もう歌詞になってるよ」

そうだ、この景色も気持ちもたぶん、とっくの昔に歌詞になっている。いろんな人が歌いつくした夏の夕立ちの、ありきたりな連絡先の消去の仕方だ。商店街を、引き返す。駅の近くの書店で、料理本を立ち読みしてから、からあげの材料を買うためにスーパーへ入った。

結局、百合子が使っていた味付きからあげ粉を使っても、ひとりで作ったからあげは失敗だった。

精肉売り場の鶏肉は、大きめのサイズしか残っていなかった。生の鶏肉にいる菌の恐ろしさは、わたしでも知っている。揚げてから切ったほうが安全だろうと思い、カットする手間を省いた結果、揚げる前からおかしな形状ではあった。

そのままフライパンに薄くひいた油に滑り込ませ、百合子の教えてくれた「揚げ焼き」に挑戦した。中まで火が通っているのか心配で、味付きからあげ粉のパッケージに書かれていた時間の五倍は揚げ続けた。キッチンペーパーの上に掬《すく》い上げると、色も形状も存在感があった。何かに似ていると考えて、エアーズロックだと気づいた。冷めてから切ってみると、包丁につられて衣がほとんど取れてしまい、エアーズロックでもなくなった。味も、太郎さんのより数倍劣っていた。

八月が終わろうとしていた。九月はできる限り夕食を自炊する、という目標を立てた。日曜日、手始めにカレーライスを作った。玉ねぎを飴色にするということにこだわらずにやったら、普通のカレーができ上がった。前日に一口食べて残していた、衣の取れたからあげを添え、写真を一枚撮った。「#サヨメシ」には及ばないが、セピア色に加工してみると、それっぽく見えないこともなかった。

月曜は残りのカレー。火曜もカレー。水曜はカレーをめんつゆと水で薄め、冷凍うどんを入れてカレーうどんにした。一枚ずつ、セピア色の写真が増えていく。四日連続自炊というのは、自己最長記録だった。それに、カレーをカレーうどんにリメイクするなんて、今までだったらしなかった。

カレーうどんを食べ終え、食器と鍋を洗ってしまうと、明日からはどうしようという気持ちがやってきた。窓辺の調味料を、じっと見る。そうしていると、生まれたての子パンダの姿が重なって浮かぶようになっていた。目をそらしたくなるのを、こらえる。するとだんだん、開封しただけのみりんが、早く使ってくれと訴えているようにも見えてきた。意を決し、みりんレシピを検索してみると、一番上に出てきたのは、親子丼だった。今までの人生で食べてきた親子丼に、みりんを感じたことなんてなかった。

みりんを、洗ったばかりのカレースプーンに少し出した。このトポッとした液体に何が期待できるのか、と疑ってしまう。キッチンの蛍光灯を映す液体を眺め、鼻を近づけて匂いを嗅ぎ、そのまま舐めてみた。息をひそめていないと感じられないほどのほのかな甘みは、舌に沁み込むように消えていった。百合子にメッセージを送った。

「料理を好きになろうとすることは、みりんの味を感じようとすることに、似ているような気がするよ」

すぐに「よくわかんないけど、みりん使ったのかな。えらい！」と返信があった。

百合子の「えらい！」に励まされ、翌日は鶏肉と卵、三つ葉を買って帰った。小さくカットされた鶏肉がワンパック売れ残っていたので、助かった。帰宅すると夜九時を過ぎていた。明日も仕事だと思うと気力が失われていくが、ここでやめたら何も変わらないと気を引き締める。鶏肉は350g入りだった。検索したレシピには、「4人分　400g」と書かれている。つまり一人分だと100gでよいことになるが、250g残してしまうのは得策ではないと考え、そのままパックを逆さにし、丸ごと投入した。卵は四人分のレシピに忠実に四つ使った。そしてついに、みりんだ。大きなボトルを片手で持ち上げた。「大さじ4」と記載がある。素直に従い、計量スプーンで鍋に入れ終えたとき、ついに子パンダが笑った気がした。

みりんのおかげか、見た目はおいしそうな親子丼ができ上がった。けれど、口に入れると、鶏肉はぱさぱさとしていた。胸肉ではなく、もも肉を買うべきだったのだと気づいた。みりん以前の問題だった。

大量に出来上がったので、金曜も親子丼、土曜も親子丼になった。卵の黄色が日に日に茶色くなっていったが、やっと、一週間連続の自炊に成功した。

誰かに知られたら笑われてしまうメニューだけれど、自分にとっては大きな一歩だった。ただ達成感よりは疲労感が強い。食器を洗いながら、休みだったはずの今日の午前中に自分が何をしたか、すぐに思い出せなかった。

シャワーを浴びたあとで、東当さんから電話があった。ちょうど閉店したころだった。

「今日も忙しかったですか?」

楽園が珍しく賑わっていることも電話で聞いていた。シェフがタピオカフェアを始めたからだ。

「うん、土曜だしね。相変わらずタピオカをたくさん運びましたよ。この前はテレビ局から取材依頼があったんだって。シェフも奥さんも映りたくないからって断ったらしいけど」

と帰宅途中らしい東当さんは言った。かなり遅れぎみとはいえ、シェフが流行を取り入れるのは意外なことだった。東当さんは「バカンス中に思うところがあったのでは」と言っていた。

タイ版ミルクティーのようなものにタピオカを入れた、タピオカタイティーを筆頭に、数種類のタピオカドリンクが、期間限定でメニューに加わった。中でも人気なのが、バタフライピーという花で色をつけたアイスティーで、青と紫をまぜた海のような色らしい。透明のグラスにその色が映えている写真を、誰かがインスタグラムで紹介したことをきっかけに、急にお客さんが増えたそうだ。イートインだけとなると、一緒に料理を頼む人がほとんどで、開店以来初の大幅黒字になるのではないかと東当さんは予想していた。

「まだタピオカ人気って衰えないんですね」

「そうみたいですね。すごいよ、タピオカは。そういえば、タイくんが音《ね》を上げて辞めちゃったんですよ」

代わりに、夏休み中の学生が急きょ加わったという。シェフの奥さんの、ママ友の娘らしいということを、東当さんは続けて話した。

「そういえば、一週間も店に来ないのは初めてでしたね」

「ですね。今週、自炊週間にしてみたんですよ」

「えっ、何を作ったんですか」

「からあげ、カレー、カレーうどん、親子丼と――。からあげは失敗でしたけど。そうだ、みりんも使いましたよ」

言ったあと返答がなくなった。やっぱり引かれているのでは、と思ったときに、

「今度、家に行っていいですか」

と東当さんが聞いた。

「からあげ、二人で作ってみましょう。リベンジです」

「はい。じゃあそれまで、自炊記録を伸ばせるようにがんばりますね」

答えて、電話を切った。


ハヤシライスの三日間と焼きそばの二日間を経て、東当さんとのからあげ作りの日になった。九月が中旬に差し掛かっても蒸し暑さは続いていて、小さな正方形の部屋に、仕事を終えたばかりの東当さんが入ってくると、彼の全身から蒸気が発せられているのを感じた。材料を買ってきてくれ、前にあげたバンドTも着てくれていた。

「あっ、似合いますね」

「須田さんには敵いませんよ。あれから自炊、どうでした」

「やりとげました、一応。記録は十二日連続です」

メニューの内容は、東当さんにも言いたくない。恥ずかしい内容だとはわかっている。栄養バランスも偏っているだろうし、みりんは親子丼にしか使っていない。そのわりに睡眠時間は削られ、結果的には気力も体力もマイナスにしかなっていない気がする。

「十二日連続なんてすごいじゃないですか！　大進歩ですね、すごいすごい」

東当さんはそれでも、こちらが恥ずかしくなるほど褒めた。

百合子が頼りにしていた市販の味付きからあげ粉を、東当さんは使わなかった。ボウルにチューブ入りのすりおろしにんにくと生姜、塩に料理酒と醤油を入れ、そこに鶏肉を加えてラップをかけ、少し時間を置いた。生肉を恐れている様子はなかった。コンロの下に収納している鍋類を見渡すと、百合子と同じように「揚げ焼きにしますね」と言い、フライパンで油を熱し始めた。

「須田さん、バットってありますか」

「ないです」

「じゃあ、お皿でいいかな。借りますね」

東当さんはカレー皿を手に取ると、持参した小麦粉をそこへ出し、味の付いたらしい鶏肉一つずつにまぶす。それが終わるとまた一つずつ、菜箸で慎重に油に入れていった。決まった所作をなぞっているように、無駄のない丁寧な動きだった。リズムを乱してはいけない気がして手出しできず、話しかけることもできなかった。狭いキッチンで並んで立つと東当さんの背は、さらに高く感じた。

「優花さん、『料理は愛情』についてですけど」

油の跳ねる音に紛れさせながら、東当さんはかしこまったように言った。

「あれから、また考えたんです」

「はい」

東当さんがめずらしく、ぎこちない話し方をしていた。

「あの、僕が料理人っていう夢を持てたのは、母が料理嫌いだからなんですよね。結果的にですけど、母の料理嫌いが今の僕を作ってる。つまり、それも愛だったって、僕は思いたい。だから結論は『料理嫌いも愛情』。——って感じです。以上です」

プレゼンに慣れていない新入社員、という雰囲気のまま言い終えた。これを言うために、きっと、すごく考えてきてくれたのだ。

「あと、優花さんのお父さんって食事を作ってくれたことありますか？」

「ありますけど、母が風邪ひいたときとか。二回か三回くらいですね。決まっておいしくないチャーハンでした」

「それで、お父さんに愛されてなかったと思いますか」

「あ、思わないですね」

「でしょう」

「料理は母の役割って、わたしも思ってたからでしょうか」

「うん、ちょっと前までの男女の役割分担ってだいたいそうだったから、仕方ないとは思うんです。だけど、それだって思い込みだったって、僕たち今はわかります」

「はい」

「だから、料理以外の愛情が須田さんにはたぶん、あるのです」

と東当さんはプレゼン口調のまま続ける。

「あるんでしょうか」

「きっと、あります」

「ありがとう」

と言うと、東当さんはやっと安心したように笑った。気づけば、からあげはからりと揚がっていた。話しながらも、東当さんは揚げ加減をしっかり見極めていたようだ。

微妙な距離を保ってソファに座り、残りの焼きそばと一緒にからあげを食べる。向かいのテレビには、ＣＭの多いスポーツ番組が映っていた。

漬けたのは五分程度だったのに、味付きからあげ粉と変わりないおいしさが染み出た。あとで百合子に、あのからあげ粉の優秀さについて電話しなければと思いながらも、揚げたてにしか味わえない食感と熱さは格別で、箸が進む。

「白米、炊いておけばよかったですね」

「焼きそばも合います、夏祭りみたいな組み合わせで」

先に食べ終えた東当さんは、僕が押し掛けたようなものだから、と洗い物をすべて終えた。さらに、残ったからあげのうちの半分は調味酢と和え、焼きそば用に買って余っていた玉ねぎとにんじんを手早く切って加え、あっという間に南蛮漬けにしてくれた。

わたしは、見ているしかなかった。「料理嫌いも愛情」と言ってくれた人の、愛情にしか見えない手付き。好きになりたい、とまた思った。

帰り際、東当さんは「これ、あとで開けて」と言うと、薄い青のきれいな紙包みを置いて帰っていった。

ひとりの部屋で、包装紙を静かに破いた。入っていたのは、白地に赤いチェック柄が入ったエプロンだった。Tシャツの上にそれを合わせると、予想どおりちぐはぐだった。そのまま、キッチンに立ってみる。シンクもコンロ周りもきれいに磨かれていた。ほかにはどこが変わったのだろうか。よくわからないが、からあげを作る前より片付いていた。

好きになりたい。エプロンのリボンは簡単にほどけた。

謝りながら人をかき分け、閉まるドアに挟まれそうになりながら朝の電車を降りる。今週は同じようなことを繰り返している。東当さんとのからあげ作り以降、お弁当作りも再開した。普段より二十分早く起きるだけで、身体はこんなに重たくなるものだろうか。

「ぎりぎりに来るの珍しいね」と岡ちゃんが言う。

「坂間くんも『須田さん顔色悪くないすか』って心配してたよ」

お弁当のメニューを東当さんに相談すると、「酢に漬けるだけのピクルスなら日持ちするし、持ち運んでも悪くなりにくい」と教えてくれた。漬けるのは、東当さんが例に挙げてくれたとおり、ヤングコーン、サラダオニオン、うずらの卵だ。「湯剝きしたミニトマトもあると色どりが良くなる」と勧められたが、湯剝きが面倒でやっていない。梅干し入りのおにぎりを合わせれば、想像していたよりはずっと楽にお弁当ライフが送れている。それなのに、岡ちゃんと坂間くんの察するとおり体調はよくない。

　たった一週間お弁当を持参したくらいで音を上げるなんて甘えだ。わたしにできる料理以外の愛情表現って何だろう。わからないから、自炊している気がする。答えが出るまでは、続けなければいけない気がする。これはたぶん修行だ。

「そうかな。顔色はむしろ良くなった気がする。自炊してるから」

　虚勢を張るが、キッチンに立つときに東当さんからもらったエプロンをつける余裕は正直ない。その数秒でも短縮したい。エプロンを着脱するのに十秒かかるとして、それを三百六十五回重ねたら……と頭の中で計算しかけて止めた。

　昼休み、ヤングコーンをかじっていると脳への振動が心地よく、また眠気が襲ってくる。岡ちゃんがやってきて、「今夜、鳥貴族行かない？」と誘ってくれた。

「行く」と言いかけて、二日前に作ったホワイトシチューが残っていることを思い出した。今日で食べきらなければ、腐りそうだ。

「ありがとう、でも今度にするね」と笑顔を作った。

　うたた寝しつつ電車に揺られ、ユートピアに降り立つ。このごろ帰宅前には、商店街の書店へ入るのが習慣になっていた。料理本のコーナーに、まっすぐ吸い寄せられる。

　料理本はどんどん新刊が出る。眺めているとやっぱり来世は料理研究家がいいなと思うし、料理を好きになろうとしている証として一冊欲しくなる。それを、もうひとりの自分が咎める。家にろくに活用していないのがたくさんあるのだから、買うだけでは何も変わらないのだからと。真島さんの冷蔵庫の中の、神社の炎の中の、自己啓発書を思い出しながら伸ばしかけた手を引っ込める。

代わりに、隣の棚に並ぶ離乳食の本を少しだけめくる。すり潰したり、途方もなく小さく刻んだりしなければいけないらしい離乳食は、自分から最も遠く、最も恐ろしい料理に思える。これに比べれば、おとなの料理ひとりぶんくらい。よし、早く帰って何か作らないと。そう思えて、やっと書店を離れることができるのだった。

家の中の空気が、よどんでいるように感じた。三日目のシチューは鍋にこびりついた焦げが混ざり、茶色くなっていた。ご飯が硬かったので、シチューに混ぜ、上からマヨネーズをかけてドリア風にしてみた。写真を撮り、いつものようにセピア色に加工する。おいしかったし胃も満たされたが、テレビのお笑い芸人だけが声を出す部屋で、にぎやかな鳥貴族が猛烈に恋しくなった。

わたしは自炊をしている。前に進んでいる。なのに、どうしてこんなに物悲しいのだろう。鳥貴族に行けばよかった。ネギまを食べたかった。後悔が押し寄せた時、電話が鳴って、岡ちゃんだろうかと見てみると、中さんだった。

「あ、須田さん？　夜パフェしません？　今、ユートピアまで二駅のところなんですけど」

ほろ酔いらしい中さんは、軽やかに言った。

永遠の昼間の中に逃げ込むと、部屋で感じていた暗い気持ちは散っていった。中さんが言っていたとおり、ユートピアの中間地点にその純喫茶はあり、二十三時を過ぎても開いていた。ドアを押すと鈴が鳴るレトロな店内には数組のお客さんがいて、奥のテーブルにいる中さんが手を挙げた。八月に枝さんが開いたカレー試食会以来だったが、どこにも変わりがない中さんだった。

「このパフェ、ずっと気になってたんですよ。どうしても締めに食べたくなっちゃって」

手書きのメニュー表を見せてくれる。トッピングの組み合わせが無数にできる巨大なパフェが名物らしかった。わたしはオーソドックスなチョコバナナを、中さんはその二倍の値段がする得々スペシャルを注文した。店内を見渡した後で、中さんは、

「今日は鷹《たか》さんが誘ってくれた合コンだったんですよ」

と話し出した。

「鷹さん？」

「前に話したじゃないですか。僕が料理教室で意気投合したおじさんですよ」

「ああ。いい人いましたか」

「ひとり、連絡先を交換したんです。でも本当は今、料理教室の生徒さんのひとりが気になってて。まだ鷹さんには言えないんですよ」

中さんは、楽しそうに教えてくれる。会うごとに中さんは口数が増えている気がする。パフェが運ばれると、ソフトクリームのタワーに阻まれて、向かいに座る中さんの顔が

見えなくなった。

「うわー、三ヵ月越しに願いが叶いました。こうパフェが並ぶと女子会っぽいですね」

中さんの声が、向こう側からする。通常サイズでも十分なボリュームだが、得々スペシャルのほうはさらに絶妙なバランスで高く高く盛られ、そこに大量のいちごとバナナが差し込まれている。

中さんは器用にスプーンを使い、ソフトクリームを倒さないよう食べ始めた。時折、声にならない歓喜のうなりを上げるその様子を見ていると、百合子とお茶をしているときのような、安心感がわいた。わたしも、中さんに話しかけられるまで手が止まらなかった。入ったときは弱いと思った冷房が、ちょうどよくなっている。

「僕もう、三食これでいいって気がしてます」

「中さん、干物もお酒も好きなのに、甘いものもいける派なんですね」

「はい、雑食です。須田さんも食べっぷりいいですね、晩ごはん、食べてなかったんですか」

中さんは半分ほど食べ終えて、顔が見えるようになっていた。

「食べましたけど、別腹ですね」

「何を食べたんですか？」

「……三日目のシチューを。最近、自炊してるんですよ」

「え、まず何でこの残暑にシチュー作ったんですか」

「シチューって初心者にやさしいので。カレーと工程がほぼ同じなんですよ」

それから、東当さんとのあれこれ、連続自炊記録を更新していることも話した。

「えっ、あの時のタイ料理屋の人ですか。須田さん、やりますね」

中さんは喜んでくれた。

「須田さん、せっかく料理できる男の人を捕まえたんだから、もう自炊がんばらなくていいんじゃないですか」

「いえ、わたしは恋愛とか、男とか女とか、恋とか愛とか抜きにして、料理する人間になりたいんです」

「どうして？」

「料理が好きって思えるって、人間として正しいっぽいと思いませんか」

言ってから違和感に気づいた。

「それ、サヨリの干物作りのとき、真島さんが言ってたことそのまんまじゃないですか」

そうだ、これは真島さんが言っていたことそのままだ。

「須田さんも結構、人から影響をすぐ受けちゃうタイプですね、僕と同じだ」

中さんは笑いながらそう続ける。

「真島さんも言ってましたっけ？　よく覚えてますね」

と、とぼけてみる。

「その話、僕も真島さんに聞いたときはすごく納得したから。それで、どういう料理作ってるんですか」

「写真、見ますか？」

スプーンをスマートフォンに持ち替え、ここ三週間ほど撮りためていた夕食の写真を次々見せた。

「いったい何日カレーを食べ続けるんですか。あとセピア加工する意味ってあるんですか」

中さんが笑ってくれると、どうしてか心が軽くなった。

「これっぽっちなのにすごく疲れちゃって」

「いやあ、本当にこういう料理センスの人って存在するんだな。須田さん、これインスタにアップしたほうがいいですよ」

「まさか」

苦笑いで言うと、

「須田さんがこの自炊記録をインスタで公開するようになったら、一部で人気のインスタグラマーになれるかもしれませんよ」

と中さんは話しながら残りのパフェを口に運ぶ。

「こんなに地味で、単品で、何日も同じものを食べてる自炊記録を公開してる人、いないんじゃないですか。料理が嫌いな女性のリアル、いいですよ」

ハッシュタグ「#スダメシ」が思いつき、すぐかき消す。

「確かに、同じような人がいるなら見てみたいです。でもインスタもそんなに甘い世界じゃないですよ」

「まあ厳しい世界ですよね。僕、干物用アカウント持ってるんですよ。作った干物を記録もかねて載せてるんですけど、全然フォロワー増えませんね。実は僕も、干物をたまにセピア加工しちゃってます」

中さんは、ははははと笑った。

もうすぐ終電だという中さんを送る。パフェの冷たさを取り込んだぶん、わたしと中さんだけ秋に一歩近づけている気がした。駅のほうから向かってくるスーツ姿の人たちとすれ違って、この人たちはもう夕食をとったのだろうか、一日にどれくらい食事に労力を費やしているのだろうか、と考える。

「話が戻りますけど、僕、さっきの料理好きは人間として正しいっぽい、っていう話、今はあんまりそう思わないんですよ」

「料理教室の先生と結婚したいって言ってた中さんに言われても、説得力ないんですけど」

「いや、でも今は本当にそう思うんです。昔と違って男女ともに働きに出ているし、食事は自炊じゃなくても何とでもなる。料理は生活になくてはならないものっていうより、趣味の時代なの」

中さんの口調がいつもと違った。

「それはもしかして――」

「はい、全部、今恋してる人が言ってたことなんですけど」

「ちょっとそんな気はしました」

「やっぱりばれますか？」

中さんが、舌を出すというマンガのようなジェスチャーをした。

「できて損はしないですし、まあ僕も好き嫌いを選べるとしたら、好きを選びたいとは思うけど。そうじゃなくても別に、いいんじゃないですか？　そこまでして」

「そこまでって、わたしはさっき見せたとおり最低限の下の下な料理しかしてないよ」

「でも、須田さん元気ないです」

ばれていたのか。心も弱っているのだろうか、涙が出そうになってきた。

「どうしてわたしは、自炊してるのに弱っているんでしょう」

商店街の出口のあたりで聞いた。

「はっきり言っていいんですか」

「も、もちろん」

「須田さんは料理に向いていないからです」

中さんは前を向いて歩きながら言った。直球すぎて、吹き出してしまった。

「なんで笑うんですか」

またマンガのようにほっぺたを膨らます中さんは、その言葉を「数多《あまた》ある趣味のひとつに向いていない」程度の軽さで、言っているのだとわかった。

向いている向いていないにかかわらず、人間にはやらねばならないことがあって……

と延々と続けられそうな反論が、今は飲み込めた。

「まあ、苦しんで料理するんじゃなくて、楽しんで料理できたらいいんですけどね」

「中さん、ありがとう。インスタ、フォローするね」

改札前で手を振ると、中さんは、

「そうだ、これ。合コンで配って余ったんです」

ラッピングされた小袋に入った一枚の干物をくれた。

「マイワシですんで」

リボンまで飾ってあり、干物がチョコレートのような扱いを受けている。鼻を近づけると、我慢した涙と似た香りがした。

4　秋、覆すアンチタピオカ

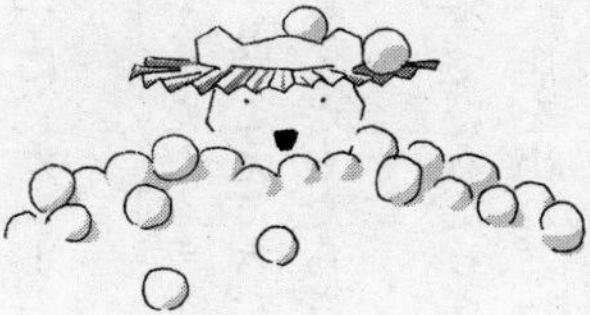

駅に降り立つと、気配はすでにある。入り口に近いビルの二階に、インドカレー店が新しくできた。どんな換気扇を使っているのか、ユートピア全体に、カレーの匂いが漂うようになった。

「カレー用の肉の売り上げが増したのよ」と肉屋で店員が言っていたし、ラーメン屋の店主が「これは営業妨害じゃないのか」と怒っているという噂も聞こえてきた。わたしには、家で作るメニューがカレーしか思い浮かばない、という弊害がもたらされていた。先日もカレー、カレー、カレーうどんの三日間を過ごした。

書店で離乳食のレシピを立ち読みしながら、百合子は何を食べているだろうと、ふと思った。メッセージを送ると、すぐに電話がかかってきたので、店を出た。

勤めている小学校の秋の運動会が近づいてきたと言い、まだ学校にいた。

「晩ごはん？　今日は金曜日だから、太郎さんが牛丼を作ってるよ。国産の肉とこだわりの紅生姜を買ってくるからさ、結局すき家より高いよ」

「牛丼かぁ」

親子丼はみりんを使ったが、牛丼はどうなのだろう。ちょうど肉屋の前を通りかかったが、そのまま通り過ぎる。

「しかし、あの優花が自炊を続けてるなんて。メニューに悩んでわたしに電話してくるなんて。人って変わるんだね」

変わることができたわけではなかった。料理を好きになれそうな気配はない。どうしてわたしはこんなに料理を好きになりたいのか、考えれば考えるほど、よくわからなくなる。

流されながら暗い顔をして続けていても、それが料理であれば人は褒めてくれるから、やはり料理とは、無条件にすばらしいことなんだろうか。世間一般で「よい」とされているものごとを、好きになる努力をせずとも好きな人に、生まれたかった。

オリジン弁当、ミスタードーナツ、サブウェイ、ケンタッキー。歩きながら、惹きつけられるのは、そういった店ばかりだった。今日は自炊はやめてしまおうか。

「東当《あがりとう》さんに告白されてどれくらいだっけ」

「二ヵ月くらいかな」

「まだ正式に付き合うってことにはなってないの？」

「そうだね」

「真島さんの話、東当さんにもしてたんでしょ。そこ、気にしてるんじゃない？　はっきりしたほうがいいと思うよ。あんないい人、いないよ」

真島さんとはサヨリの干物以来だから、もう五ヵ月ほど接触がないことになる。マシメシとサヨメシで溢れているのであろうインスタグラムも覗くことはやめていたから、彼が誕生日をどう過ごしたのかも知らない。思い出すことはあっても会うことはない、違う世界の人になりつつある気がした。

「東当さんのこと好きになれそうなんでしょ?」

「うん、好きになりたい」

東当さんとも、からあげ作り以来はデートらしいことをしていなかった。最初からひと月限定と決められていた楽園《サワン》のタピオカフェアは、まもなく終わるらしい。電話を切ってから、行ってみようと思い立った。

ドアを開けると、人の声でできた静かな波のような気配が漏れてきた。一旦帰宅し、閉店の一時間前に来てみたのだが、ほとんどの席がまだ埋まっていた。以前だったら、ありえなかった光景だ。わが家のように寛《くつろ》いで、試作品のおこぼれにありついていた楽園とは違っていた。

「あっ来てくれたんだ、なんか久しぶり」

東当さんの両手は、タピオカドリンクの空いたグラスでふさがっていた。

「あの坂間さんだっけ。来てるよ。ちょうど隣が空いてる」

目線で示してくれたカウンター席の隅を見ると、坂間くんがいた。「一番人気のタピオカドリンクを」とお願いすると、東当さんはそのまま素早い身のこなしで厨房に入ってしまったので、わたしは坂間くんの隣のハイチェアに腰を掛けた。

「うわ、また須田さんすか」

顔を上げた彼は、明らかに目が据わり、上半身が不安定だった。

「何を飲んだの」「サングリアです」「何杯?」「二杯す」

お酒に弱く、飲み会にもほとんど出席しないらしいとは聞いたことがあった。

「タピオカじゃないんだね」

「アンチタピオカ派なんで」

「そういえばアレのオーディション、どうなった?」

「連絡ないんで、落ちたようです」

それで落ち込んでいるのかと見当をつけた。アルバイトの女の子が、南国の夕方の海みたいな紫色の液体にタピオカが沈んだものを運んできてくれた。これがバタフライピーというやつらしい。

「タピオカ、どうして未だにみんな、こんな好きなんすかね」

坂間くんはテーブルにつっぷし、呆れたように言った。

「おいしいからだよ」

わたしはストローの中を転がってきたタピオカを数粒、味わってから答えた。

「それだけすか。にわかには信じられないすね」

「まさか、タピオカを一度も食べたことないの」

「ないすね。そんな粒ごときに並んだり、写真撮ったり、千円近い金額払ったり、どうかしてますよ、トチ狂ってる以外の何ものでもないす。だいたい、見た目はカエルの卵じゃないすか」

言い終わった坂間くんはつっぷしたまま静かになった。数十分は、そのままでいたと思う。この店の聞き慣れないざわめきに包み込まれて、サナギになったように見えた。途中、東当さんが目配せで「どうしたの」と聞いてきたので、「さっぱりわからない」とジェスチャーで答える。グリーンカレーを食べていると、坂間くんが何か言ったような気がした。

「何？　起きた？」

声を掛けたが、坂間くんは動かなかった。安らかな寝息は聞こえるものの、何度か叩いたり、呼んだりしても起きる気配がない。閉店が近づいてお客さんのほとんどがはけると、東当さんがエプロンで手を拭きながら近寄ってきた。

「坂間さん大丈夫そう？」

「どうだろう、寝てるみたいです。酔いつぶれたのかな」

「サングリア三杯くらいしか出してない気がするけど」

「二杯だそうです。どうしよう、家知らないし」

少し考えたあとで東当さんは、

「じゃあ、僕の家に連れて帰ります？」

と言った。わたしには、なかなか浮かばない案だった。

「明日、須田さんもお休みだよね？　一緒に来てくださいよ。坂間さん、軽そうだから僕が担いでいきますよ」

閉店作業はアルバイトの子が代わってくれることになって、東当さんはいつもより早く帰ることができた。頭二つぶんほどの身長差がある坂間くんを、東当さんが軽々と背負った。

外は、数日前よりずっと息が吸い込みやすかった。もう夏は過ぎたのだ。東当さんが住んでいるのは、わたしのアパートとは商店街と駅を挟んで反対側のエリアだと聞いていた。アーケードを抜けると、最終に近い電車で帰ってきたらしいサラリーマン数人が、わたしたちを追い越していった。東当さんは、坂間くんの重み分、普段より歩みが遅い。細い路地に入って外灯が減ったあたりで、

「タピオカはね、業務用の乾燥タピオカを安く仕入れて使ってるんです。あ、これは企業秘密ですけど。ほかの料理は一から気合い入れて手作りしてるのに、乾燥タピオカが一番売れるって、なんだかね」

と言った。

「そういえば坂間くん、タピオカ食べたことないらしいですよ」

「へえ、レアなかただね」

東当さんの背中で彼は、古いぬいぐるみのようにくったりとしたままだった。めがねがずれて落ちそうになっていたので、取った。何気なく自分でかけてみたが、景色は変

わらなかった。坂間くんがしていたのは、度が入っていないめがねだったんだと気づいて、すぐに外した。

「じゃあ、うちでタピオカ作ろうか、大量に」

気軽な感じで東当さんが言った。

「タピオカって家で作れるんですか。木の実じゃないんですか」

「実際にはキャッサバっていうイモから作るんだけど、前に調べたら家でも簡易的に作れるらしいんだ。家に今ある材料で、案外さっとできますよ」

食べてみたくて、坂間くんがアンチタピオカ派だということは言わないでおいた。


初めて入る東当さんの部屋は、二階建てアパートの一階だった。七畳ほどのリビング兼寝室には折り畳み式のベッドとパイプ脚のローテーブル、床に直置きしたテレビがあるだけで、窓には一枚の大きなブラインドがかかっている。大きな緑色のリュックがひとつ、隅に置いてあった。雰囲気が、古いフェリーの客室に似ていた。

「あまり家にいないんで、物が少ないんです」

言いながら東当さんは、ベッドへ慎重に坂間くんを降ろした。薄いタオルケットをかけてから、窓を開け、網戸にして夜風を入れてくれる。わたしは坂間くんの枕元にめがねを置いた。

寝室とは引き戸で仕切られたキッチンは、そこだけリフォームしたかのようにきれいだった。二口コンロで、調理スペースも広い。冷蔵庫にはレシピの切り抜きやメモがびっしりと貼られていた。コンロの横の壁には、格子網とS字フックで作られた収納ボードが立てかけてあり、使い込まれたおたまやら計量スプーンやらがぶら下がっている。

東当さんに言われるがまま、そこからカップ、ヘラなどを用意し終わると、彼のほうは鍋に水を溜め、そこへ黒糖を目分量でざざっと入れた。

「夜だから砂糖は控えめにしておくね。これを火にかけて、沸騰したら片栗粉を混ぜ入れるらしいです。そうするとひとかたまりの生地になるから、それを丸めて、ゆでればもう完成」

東当さんが火を点けると、鍋の中身はすぐにふつふつといい出した。甘い香りが立ってくる。東当さんはさっき水を計っていたカップで片栗粉を計るとその中に加え、手早《た》くかき混ぜていった。からあげ作りのときもそうだったが、彼は特に粉系の扱いに長けている。

「あ、ごめん、じゃあ須田さんお願いします」

隣でぼんやりしていたのが伝わったらしく、東当さんから木のヘラが手渡された。自分でやってみると、水と黒糖と片栗粉が混ざったものは、固まっていこうとする意思が強く、思っていたより抵抗してきた。逆らって混ぜ続けると、薄茶色の粘土のようなかたまりがひとつでき上がった。

「これだけあれば、大量生産できますよ」

味見をした東当さんは「あ、生のタピオカだ」と言って、満足そうに頷いた。

時計はすでに、午前一時の少し前を指していた。冷めるのを待って、生地をタピオカ状に丸める工程に取り掛かる。皮膚に生地がくっついてきて、完璧な球体にはならないが、指先の温かい弾力が心地いいような気もした。東当さんの作る小さくきれいな球に比べると、わたしの不器用さは際立った。

「楽しいね」

心の声があふれたように東当さんがつぶやいた。それから、タピオカを丸める指先をふいに止め、ほとんど頭突きする勢いで顔を寄せてきて、一瞬くちびるが触れた。これが、さっき言っていた生のタピオカの味らしい。黒糖の香りが口を通って、体の中にも届いていた。すごく甘い。自分の感情がよくつかめないほど甘い。

頭がぼんやりしてきたが、半開きの引き戸の向こうに坂間くんが転がっていることを思い出し、覗き見る。仰向けだったのが、いつの間にかうつぶせになっているけれど、まだ眠っているようだった。

東当さんとの距離がまた近づこうとしていた。身構えたとき、ベッドから「ううう」とくぐもった声がしたので、わたしは飛び上がるほど驚いた。坂間くんがうつぶせのまま、タオルケットの中でうごめいていて、やがてむくんだ顔でゆっくり身体を起した。

「お、おはようございます、東当と言います、あの、タイ料理店の」

東当さんがあたふたと自己紹介しているとき、ベッドのそばの床でスマートフォンが震え出した。フローリングの振動が、静かな夜は響く。まだ寝ぼけているらしい坂間くんが低いうなり声を出しながら伸びをし終わっても、まだ止まらない。

「須田さんのですよね、出なくていいんですか」

東当さんが気を遣ってくれる。

「誰だろう、こんな時間に」

拾い上げながら言ったけれど、わたしはもうわかっていた。画面を確かめなくても、電話帳から削除していても、わかっていた。この時間にかけてくる人はひとりしか思いつかない。ふたりに断って、表に出た。耳に当てると、予想どおりの声がした。

「寝てた？」

電話の向こうの息を吸って吐く気配だけで、急に今いる場所が遠くなりかけたので、東当さんの家の暗い鍵穴から目を離さないようにした。

「いえ」

「相変わらず夜更かしだね」

「タピオカを、作っていたので」

「タピオカ？　まだ流行ってるの？　ていうかタピオカって木の実じゃないんだ」

「本当はキャッサバってイモから作るんですけどね、今は簡易的に」

つい知ったかぶりをしてしまう。

「それはそうと俺、あそこのホッキョクグマに会ってきたよ。涼しくなっちゃって、もう氷は終了してたから、新しい占いを――」

真島さんは五ヵ月ぶりとは思えないくらい、ひょうひょうと話を続ける。

「それでどうして電話を」

「沙代里さん、結婚するらしいんだ、元彼と」

ホッキョクグマに会ってきたことと同じ調子で真島さんは言った。

「それは……、急ですね」

「前に長く付き合ってた人らしいんだ。あの、結婚も考えてたけどふられたっていう彼」

真島さんもわたしも、十秒ほど黙った。この人は今どこにいるんだろう。後ろの音に耳を澄ましてみるが、自分の踏んだ砂利の音が邪魔をした。

「俺のことは、好きになろうとしたけど、やっぱりなれなかったって。好きになりたい人から愛してるって言われるより、好きな人から少し好きって言われたいって。俺が前にきみに言ったせりふと似てたから、それで」

言葉はそこで途切れて、また静かになった。鍵穴の小さな暗がりを見ながら、この世にあふれているのは、好きより好きになりたいなのかもしれないと思った。自然に正しいことを選べるほうの人は、この好きになりたいをどうしているのだろう。

「蕎麦」と真島さんが言いかけたので、

「引っ越ししたんです。もう、あそこまで行けません、こんな真夜中に」

逃げるように切った。避けられないどしゃ降りにあってしまった気分だった。ドアを開けると、部屋の中はさっきまでより明るく見えた。どうしてか蕎麦が香って、頭を振った。坂間くんがキッチンで作業を手伝っていた。

「すみません、状況、理解しました」

と神妙に言う。そこで並んでいるふたりを見たら、腕に鳥肌が立つのがわかった。あぶなかった、ここがわたしの場所なのに。蕎麦屋に向かったら消えてしまう、蜃気楼みたいな居場所。

「電話、大丈夫だった？」

東当さんが振り返る。坂間くんは、

「ご迷惑おかけして……。おふたりの時間まで邪魔しちゃって」

と言いながら、ぼんやりした顔のまま、東当さんとわたしに、頭を二度ぺこりと下げた。

「うわ、ちょっと動かすだけで頭が痛いす」

目を細める坂間くんに、東当さんは冷蔵庫からペットボトルのミネラルウォーターを差し出した。

「ほんとすみません」

意外にも坂間くんは、タピオカに拒否反応を示していなかった。それどころか、わたしの二倍の速さで、きれいな球体に丸め上げている。手先は器用らしい。わたしの丸めたぶんだけが不格好だった。

火にかけていた深い鍋の水が沸騰していた。東当さんが、湯気にむかってぱらぱらと丸めたものを落とす。少し沈むとすぐに浮かび上がり、やがて透明感を帯びてきた。わたしと坂間くんは、実験を見守る助手のように、東当さんの背後で息をひそめた。

どこで頃合いと判断したのか、東当さんは浮かび上がった粒たちを網ですくっていく。よく見るタピオカより大きめで色はだいぶ薄いが、確実にタピオカと呼べるものができあがり、大きなカレー皿に山盛りになった。わたしと坂間くんは控えめな歓声をあげ、拍手した。

東当さんは続けて、ミルク鍋に水と牛乳、砂糖を入れると、そこに直接ティーバッグを入れて熱し、あっという間にミルクティーを生み出した。

ミルクティーは、タピオカがぎゅうぎゅうにひしめき合うコーヒーカップに湯気を立てながら注がれる。

「タピオカミルクティーというより、タピオカのミルクティーがけですね」

と東当さんが言う。ティースプーンですくいながら食べることにし、リビング兼寝室のテーブルへ運んだ。

「坂間さん、初タピオカなんですよね」

「がんばってね」

わたしと東当さんで見守る。坂間くんは、何をがんばればいいんすかと言いながらも、床に正座をして背筋を伸ばし、居心地悪そうにスプーンを操った。

「あ、おいしいんすね」

ひと口目を飲み込むと、すぐ言った。拍子抜けするほどあっさりと、アンチタピオカを覆した。膝を崩し、タピオカを色んな角度から眺めている。

わたしもスプーンでかき混ぜたカップに口を付けた。濃い目のミルクティーと一緒にタピオカがごろごろと流れ込んで、優しい温かさと黒糖の香ばしい甘さが満ちる。

「これは、大成功ですね」

カップを近づけるたび口元が温かな湯気で湿って、ますます甘やかされているような気持ちになる。この甘さにもっと浸かれば、真島さんの電話は夢だったことになるような気がした。カレー皿のタピオカが半量になるまで、わたしと東当さんで主に食べ、坂間くんもちびちびとつまんだ。

「迷惑をかけたんで、後片付けは自分が」

坂間くんは言い出したが、

「まだ顔色が良くないから。須田さんと休んでて」

東当さんが立ち上がり、キッチンのほうへ行ってしまった。

聞こえてくるのは明らかに水仕事に慣れている人の出す音で、実家にいるような気持ちがしてくる。坂間くんは、テレビの深夜番組を脱力しきった目で眺めていた。弟がいたらこんな感じだったかもしれない。

「今夜、どうして飲んでたの」

聞いてみると、あっさり答えた。

「ああ、この前のアレのオーディション、ほんとは通ったんですよ」

「え、そうなの」

「はい。あと何回か面接して決めるから、また来ないかって電話がありました。でも結局、きのう断りました。そのことを色々考えてました」

テレビを見たまま坂間くんは答えた。

「どうして断っちゃったの」

「この前、親戚に不幸があって実家に、つまり、リアルなハウスに三年半ぶりに帰ったんです。それで」

「それで？」

「面倒くさくなっちゃって。もう大丈夫だって気がしてたのに、リアルなハウス、まだ全然苦手でした。人といるのが、とにかく面倒なんす。親戚が亡くなってる上に、三年半ぶりに帰っての感想がこれって、ひどいすけど」

と、への字の口のまま笑った。

「両親や家族が嫌いなわけじゃないんすよ。遠くで見てるぶんには、いいんです。でもその中に自分が入ってしまうと、途端に嫌なものに見えちゃうんです。家族はいいものだ、家族は同じものを食べるものだ、食べながらコミュニケーションを取ろう、とか。僕はそういう、人間にとってスタンダードとされている考えとか行動にいちいち、本当にそうかよ、何を根拠にそれを信じてるんだよって思っちゃうんですけど」

　職場で、手作り信仰について堂々と疑問を呈していた坂間くんを思い出す。

「それで、外から見ていれば好きでいられる家族の中に、この面倒くさい自分をわざわざ入れたくないって、思っちゃうんです。アレを見始めてから、人間を好きになれてきているんじゃないか、もうリアルなハウスでもやってけるんじゃないかって思ってたんですけど、錯覚でした。だめでした。僕は安全な場所から、好きな世界を無責任に眺めるのが好きなだけなんでしょうね」

「アレを見て、人間が好きになれた気がしてたの？」

「はい。アレって、自分が実際に人と接してるわけじゃないのに人を見られるから、人と接するっていう一番面倒な手順をすっ飛ばして、人間が好きになれた気がするんすよね」

　疑似家族が生活する様子をいくつもの定点カメラで追うアレは、どちらかと言えば人間の醜いところをも映し出してしまう部分が面白がられているはずだった。坂間くんは案外、ものすごく素直な人間なのかもしれない。

「リアルなハウスに帰って、目が覚めました。僕は人間が好きになりたいけど、好きじゃない。アレは荷が重すぎます」

「それでいいの？　めったにない機会なんじゃない？　アレに入ったら変われるかもしれないし」

「そうすけど。人ってそんなに変われないす」

「もったいないって、わたしは思うけど」

「好きになりたいって思いながら、遠くからただ眺める。そうやって好きの疑似体験するくらいで、たぶん僕にはちょうどいいんすよ。まあ、次の面接に出てもまだまだ面接は続くんでしょうし。今、辞退したほうがお互いによかったんです」

「……本当にいいの」

「はい。好きと好きになりたいは別物すよ」

「前に坂間くん、わたしに言ってくれたよね？　好きになりたいは、嫌いよりはましだって」

「言いましたっけ」

　やっと坂間くんがテレビから目を離した。

「言ったよ鳥貴族で。わたしが料理が嫌いだ、好きになりたいって言ったとき」

「それは、あれすよ。たぶん、自分自身がそう思いたかったんでしょうね。僕、結構そういうきれいごと、言いがちなんすよ。そういうの大嫌いなのに。自分で自分にへどが出ますね」

「わたしは、あの言葉に結構、救われたのに」

「それなら、きれいごとも意味ありましたね。だけど須田さん、僕、今はこう思ってます。本気で好きになる決意もないのに、『好きになりたい』だけ繰り返してるの、ただの甘えだったたって」

「甘え？」

「はい。『好きになりたいとは思ってるんだから、嫌いよりましでしょ』って気持ちで『好きになりたい』のポーズを取り続けるとか、『好き』とも『嫌い』とも決められないから『好きになりたい』と言い続けるとか、そういうのは『好きになりたい詐欺』なんじゃないかって。それが一番、ばかにしてて、ずるいんじゃないかって」

好きになりたい詐欺という単語を聞いた途端、自分がとんでもない悪人である気がしてきた。

「でも僕と違って須田さんは、料理を本当に好きになりたいんすよね？　だったらちゃんと、好きになればいいですよ。本当に好きになれたら、詐欺じゃないすから」

「料理を」に「東当さんを」が重なって聞こえた。今まで言われたり思ったりした、たくさんの声が混じって、タピオカで満たされたおなかの奥から響く。

料理を、東当さんを、本当に好きになりたいんすよね？『好きになりたい詐欺』だけ繰り返してるの、ただの甘えなんじゃないかって思ったんすよ。『好きになりたい詐欺』。それが一番、ばかにしてて、ずるい。好きと好きになりたいは別物す。料理を好きになりたい。料理が好きな人は人間として正しいっぽい。料理は愛情、料理嫌いも愛情。料理以外の愛情がたぶん須田さんにはある。須田さんは料理に向いていない。料理が苦手だ嫌いだっていう自分は認めてあげてもいいんじゃないですか。本当にそうかよ、何を根拠にそれを信じてるんだよ。沙代里さん、結婚するらしいんだ。好きになろうとしたけど、やっぱりなれなかったって。好きになりたい人から愛してるって言われるより、好きな人から少し好きって言われたいって。俺が前にきみに言ったせりふと似てたから——。

「温かいほうじ茶でも飲みますか?」

キッチンのほうから聞こえた東当さんの声で、それは途切れた。

「あ、あざます、でも僕にはもうお気遣いなく」

「須田さんはどうする?」

うまく答えられず、どっちとも取れるような声を出してしまう。東当さんは結局、三人分のほうじ茶を持ってきた。

めずらしく、坂間くんが話し続けた。アレの魅力と好きな歴代メンバーについて。家出した七十二歳のメンバー、シゲさんの行方について。わたしと東当さんは、坂間くんが気遣っているその何かに気がつかないように、笑い続けた。空の端から明るくなってきたころやっと、坂間くんが言った。

「そろそろ帰ります」

東当さんの部屋から、坂間くんと一緒に出た。玄関のドアを東当さんが閉めた瞬間、

「今日から秋なんじゃないですか。秋の匂い」

と坂間くんがつぶやいた。最初に吸った外の空気が、湿った稲穂か枯葉のような香り

だった。

「坂間くんて意外と素直な人だよね」

「あ、そうすよ」

普段のように、坂間くんは早歩きして先に帰ってしまうのだろうと思っていたが、今朝は歩幅を合わせてくれているようだった。

「歩くと、腹の中でタピオカが揺れる気がする」

駅につながる信号で立ち止まったとき、言った。朝五時の街は薄い青のフィルターがかけられたようで、雨が降っていたわけでもないのに空気はしっとりとしていた。

「あの、夜中に須田さんにかかってきた電話、あれ例の元彼すよね」

「どうしてわかるの」

「誰だってわかりますよ。須田さんは特にわかりやすいすよ、顔が。あんな時間にかけてくる関係性の人、限られてると思うし」

「東当さんも、わかってたのかな」

「……東当さんて、ほんといい人すね」

「いい人なんだよ」

そのいい人に向かって、わたしは好きになりたい詐欺をしているのだろうか。

「わたしは――」

言いかけたのを遮るように、坂間くんは続けた。

「僕は、いいと思いますよ」

「え？」

「詐欺とか言いましたけど、須田さんの『好きになりたい』は、頑張れって思います、心から頑張れ頑張れって」

「坂間くん」

「僕は、東当さんの背中の上で決めたんです。ずるいことしてるって自覚したうえで、まだもう少し、前向きに詐欺しようって。詐欺に変わりはないですけど、詐欺してる自覚は持つ、というか。なんか、そういうちょっと明るい気持ちにさせてくれる温かさ、あの人にあります」

「坂間くん、わたしはどうしたらいいんだろ」

わたしには、好きな人と、好きになりたい人がいる。

「うーん、わかんないす。全然わかんないす。ただ、僕がタピオカを食べたのは、自覚ある詐欺の第一歩で、それは成功したんです、たぶん。だから、えーと、とにかくタピオカ、やばいすね」

「やばいって、何よ」

信号が青に変わる。

「じゃあ、急ぐんで。僕、向こうなんです。きのうはありがとうございました」

坂間くんは横断歩道を渡らず、ぐちゃぐちゃな心のわたしを残して先へ行った。並んで歩いた距離としては、最長記録だった気がした。

商店街は、がらんとしていた。土曜日だからだろうか、駅に向かって歩いてくる人もまばらで、わたしは広い道幅の真ん中を歩いた。早朝のユートピアは、思えば初めてだった。コンビニとマクドナルド以外は閉まっていた。似たようなシャッターだけでは、どこにどんな順番で店が入っていたのか途端に思い出せなくなり、まとまらない頭の中をますます混乱させた。

知らない街に見えてきて、小走りで帰った。ユートピアがユートピアらしく見えなくなっているのだと、アパートのドアの前で気づいた。


電話一本だけで、真島さんはまたわたしの世界に入り込んでいた。真島さんのこ中さんに聞いた、筋トレ感覚でネギを刻む料理教室の先生にならって、タピオカ作りからとを考えてしまったとき、林檎の皮を剝くことを己に課した。結局、一週間、一日も林檎を剝かない夜はなかった。ストレス解消とまではいかないけれど、ピーラーでの皮剝きは、わたしにとって唯一の、ケガや火事を気にせずに集中できる台所仕事になっていた。ピーラーを引くとき、かすかに真島さんは薄れた。慣れるとスピードはどんどん上がった。剝きすぎた林檎は、坂間くんに、というより坂間くん伝いでハムスターにあげた。

林檎を三玉剝いてしまった次の日の朝は、カーテン越しでもわかるくらい、よく晴れていた。百合子と話をしたかったけれど、きょうは教職員総出の運動会リハーサルだと言っていた。もう始まっている時間かもしれない。

百合子が前にくれた紅茶があることを思い出し、駅前のスーパーへ向かった。土曜の昼間のユートピアは混雑して活気があったけれど、この前までのユートピアとはどこかが違うという気持ちは拭えず、なんとなく早歩きになる。

スーパーで、先週の東当さんが使っていた黒糖と片栗粉、牛乳を買って帰った。タピオカミルクティーを作る動作を、ひとりでもう一度、繰り返してみることにした。

林檎の皮剝きとは訳が違った。床はあっという間に汚れた。黒糖と片栗粉の袋を破ること、それを計量カップに移すこと、またそれを鍋に入れること、点火。自分ひとりでやってみると、何でもない動作に見えていた工程のひとつひとつに手間取った。

「楽しいね」

一緒にキッチンに並んでいた時の東当さんの言葉を繰り返し考えながら、タピオカを丸めた。きれいな丸にできないことに、いらいらを通り越して悲しくなる。やっぱりわたしには「楽しい」と言えるものではなかった。

楽しくない作業をしていると、林檎の皮を剝きながら忘れようとしていたことが、呆れるほど簡単に浮かび上がってきた。

わたしは料理も、真島さんとしたい。楽しくなくても、真島さんとしたい。理由はわからないけれど、正しくないのだろうけれど、ずるくてださい似非《えせ》ロッカーとしたいのだった。真島さんのことは、好きじゃなくなりたいとずっと思ってきたのに。東当さんのことを好きになりたいと、ずっと思ってきたのに。

正午過ぎ、前よりさらにいびつで大きいタピオカが山ほどでき上がっていた。電話を掛けると、真島さんはすぐに出た。

「タピオカが、たくさんできたんです」

「一週間、かかったってこと？」

「そうとも言えます」

一息置くと、真島さんは「場所は、あそこで」と当然のように指定した。

カップリングのころ合いではないらしく、ホッキョクグマは一頭だった。先にわたしが到着して、十五分後くらいに真島さんはやってきた。干物パーティーの日と同じバックパックを背負い、カーキのハットは被っていなかった。

「相変わらずだね」

と、わたしのTシャツを指して少し笑う。動物園を囲う植物の勢いは落ちていたが、秋の日のそこは、去年の真島さんの誕生日より、百合子と太郎さんとからあげを食べた日より、混雑していた。ホッキョクグマの前も同様だった。少し待ったが、プールの中が見られる位置のベンチは一向に空かなかった。空いたとしても、健康な二十代の我々が長く座っていい雰囲気ではなかったので、上から見降ろせるほうへ登り、立ったまま、子どもたちが作る小さな壁の後ろからのぞいた。

「電話で、新しい占いのこと言ったっけ？　彼が、決めた時間から五分以内にプールに飛び込んだら、いいことがある。十分以内に飛び込んだら、少しいいことがある。飛び込まなかったら、あまりよくない。ってことにした。じゃあ今から十分ね」

真島さんが彼と呼んだからには、あれはオスのほうなのだろう。ときどき時計を見るほかは、ふたりで並んでただホッキョクグマを見つめた。前にいる子どもたちはどんどん入れ替わった。

なぜわたしたちは五ヵ月ぶりに会い、ホッキョクグマを見ながら、根拠のない占いなどしているのだろう。雲から太陽がのぞくたび、Tシャツに重ねた薄手のパーカーの袖がじわじわと熱を蓄えていくが、時折吹く風は軽い。ホッキョクグマのほうは、黒い鼻をふらふら左右に振ったり、お客さんのほうに歩み寄ってみせたりと、夏よりだいぶリラックスしているようだった。酸素が行き渡っているような瞳をしている。

「十分、経ちました」

やがて、将棋か囲碁のタイムキーパーのように真島さんが告げた。

「あまりよくないという結果ですね」と言うと、真島さんは頷いた。

「飛び込むまで、待ってみますか」

「そうしてみようか」

柵のほうまで移動して、もたれかかった。わたしは保温ボトルにいれてきたタピオカミルクティーを紙コップに注いで、真島さんに渡した。ふたりの間に柔らかい湯気があがった。

「この、ごろごろしてるやつがタピオカ？」

「そうですよ」

真島さんは時間をかけて咀嚼してから、

「なんだかタピオカっぽくないけど。なんだろう、グミっていうか、硬すぎるゼリーっていうか。このまま飲んだら窒息するね」

と言った。ホッキョクグマのほうは、まだ陸地をうろうろしている。自分でも飲んでみた。百合子の買ってくれた紅茶は香りが強く、ミルクと合わさるとさらにそのよさが際立っていた。が、タピオカのほうは真島さんの言うとおり、大きすぎるし硬すぎた。用心して飲み込んだ。

「丸めるのが苦手で」

と言うと、真島さんはホッキョクグマの動向を注視したままで言った。

「でもまあ、おいしいよ」

初めてだった。真島さんが、わたしが作ったものを初めておいしいと言った。

こんなのもう、山ほど歌詞になっている。真島さんは間違いなく似非ロッカーだ。ありがちなタイミングで、ありがちな言葉で泣かせようとしてくる、ベタベタなバラードを作る、ずるい似非ロッカーだ。わかっているのに、そのださすぎるバラードで泣きたくなってしまう。

「おいしい」のひとことで、料理が好きになれるほどには単純ではない。報われたとも、作ってよかったとも思わないし、また作りたい、もっと上手になりたいなんて一ミリも思わない。料理を褒められることが、うれしいわけではない。「おいしい」なんて、料理をする面倒くささに比べたらわりに合わない簡単すぎる言葉だ。じゃあどうして泣きたくなるのだろう。のどに力を入れて、その波が収まるのを待った。

ホッキョクグマが飛び込んだのは、真島さんが三杯目のタピオカミルクティーを飲み終えたあとだった。計り始めてから、二十五分が経っていた。わたしも二杯飲んで、タピオカを噛み過ぎてあごが疲れていた。

再び陸に上がるのを見届けたあとで、わたしと真島さんは園内をゆっくり一周することにした。何もいないように見える鳥類の檻《おり》の前だけは人が少なく、そこで真島さんはまた、「タピオカまだある？」と聞いた。

注いだタピオカミルクティーは少し冷めているように見えたが、真島さんは少しずつ、ゆっくりと飲んだ。途中、遥か頭上のほうの止まり木に、大きくて茶色い鳥を一羽見つけた。それは枝と同化したように動かなかった。

また歩き出すと真島さんは、最近好きになったというバンドについて教えてくれた。わたしでも知っているバンドだったが、黙っておいた。わたしは、坂間くんが職場におみやげで買ってきたクッキーがものすごく不人気だったことなどを話した。沙代里さんの名前は、一度も出なかったし、出さなかった。会わない間の自炊のことも、お弁当作りのことも、林檎を剝くことも、言わなかった。

夕方、動物園の正門を出ると、すぐそばにタピオカドリンクを売るキッチンカーが停まっていて、真島さんは八百円を出してホットのタピオカ塩チーズミルクティーを買った。スマートフォンで一枚、写真を撮ってから飲んでいた。こっちは、インスタグラムに載せるのだろうか。

「おお、これが本物か。おいしいね」

と言ってストローをわたしに向け、一口くれた。確かにタピオカは、丸かった。けれど、自分で作ったあとでは、この甘さを出すためにどれだけの砂糖を加えたかが想像できた。その工程を見ないで済ますための、罪悪感に気づかずに済ますための八百円は、妥当な金額なのだろうか。

次の便に乗りたいと、バス停に向かって走っていった真島さんの後ろ姿を見送る。走り方は運動神経がよくない人のものだと、今になって気づいた。それでも、真島さんの背中を見ていると、そこに「好きになりたい」が入り込む隙間は一切なかった。ただ「好き」があるだけだった。「失・真島」は、真島さんでしか埋まらないのだったと今さらはっきりわかった。誰かに話したい。そう思った瞬間のわたしには、相手がひとりしか浮かばなかった。

翌日、五月に真島さんと行った記憶をたどって、沙代里さんの働く料理教室へ向かった。いる保証はなかったけれど、ガラス張りの中を覗くと、エプロンを付けた沙代里さんはいた。前日からタピオカだけを摂取しているからか、頭の中が甘ったるく、来る途中には電車の席でいつの間にか眠っていて、目的の駅で飛び起きた。

沙代里さんは、レッスンを持っている時間ではないようで、受付のようなカウンターの中にいて、相変わらず光を放っていた。何時に終わるのかわからなかったので、向かいのCDショップで待っていようと考えていると、窓越しに目が合ってしまった。

沙代里さんは驚きを抑えるように微笑み、「こちらに来るように」と手招きをした。

自動ドアを抜けると、パンが焼ける香りと、控えめな音量のクラシック音楽に包まれた。カウンターを挟んだ沙代里さんは、小声で「あと一時間で終わるから、近くで待ってて」と営業用の笑顔のままで言い、料理教室のパンフレットをくれた。

駅に入っているチェーンのカフェに、沙代里さんは一時間と少し経ってからやってきた。土地柄か、日曜日の午後なのにスーツ姿の男性が目立つ中で、薄手のクリーム色のニットを着た沙代里さんは花のように見えた。首元が上品なV字を描いていて、沙代里さんの首とあごをよりほっそりと見せていた。

「急にすみません」

「いいの。優花ちゃんとは、また話したいって思っていたから」

沙代里さんは、微笑みながら言った。トレイにはブラックコーヒーだけのっていた。

「そういえばいつぞやは、干物パーティーに伺えなくてごめんなさい。サヨリの腹黒さを見せたかったんだってマシーに聞いたよ。本当に面白いね、優花ちゃんて」

くすくすと沙代里さんは笑う。

「いえ、あの……」

言葉に詰まっていると、

「わたし、結婚することにしたの」

すっぱりと沙代里さんは言った。こちらをまっすぐに見ていた。思わず目をそらすと、コーヒー店のロゴがプリントされたカップに添えられた左手の薬指には、銀色の指輪があった。

「もちろん、マシーじゃない人とね」

もちろん、という響きになぜだか傷つく。

「どうしてですか。付き合っていたんですよね。真島さんのこと、沙代里さんも好きだったんですよね」

「うん。好きになろうとしてた。でも、結婚する人のほうがもっと好きなの。話したかしら、前の仕事で激太りしたときにふられた彼のこと。その人なの。その彼ね、前に付き合ってるとき、『結婚したい職業ナンバーワンは料理教室の先生』って言ってたのよ。それでね、三ヵ月前くらいかな。料理教室のホームページに、わたしのインタビューと写真が掲載されることになったから、それを共通の知人にお願いして、彼の目に入るようにしてもらった」

「それって……」

「やっぱり腹黒いでしょう」

また沙代里さんは目を細くする。

「見たって彼から連絡があって、再会したのよ」

「そんなに好きな人がいるのに、なんで真島さんと付き合ったりしたんですか」

「だから、好きになれるかもしれないと思ったから。好きになりたかったから。好きになれたら前の彼のこと、忘れるかもしれないと思ったから」

今、自分は誰と話をしているのか、少しの間、わからなくなる。目の前に座る沙代里さんが、もう一人の自分のように見えてくる。好きになりたい詐欺をはたらく自分のような——。そのとき、

「沙代里さん、料理が好きって嘘ですよね」

と、口をついて出た。

「え?」

「料理を好きになろうとして好きになれたなんて、真島さんへの気持ちと同じで、嘘なんじゃないですか。むりやり、好きなふりしてるんじゃないですか」

沙代里さんは何も言わず続きを待った。

「彼の気を引くために、料理が好きなふりをしているんじゃないですか? 沙代里さんが言っていたこと全部、覚えてます。料理は唯一の、自分で変えられる運命のパーツ。

料理は愛情。料理は心も体も作る。うさん臭いとは思ってましたけど、それも料理を好きになりたい自分自身に言い聞かせていることなんだと思えば、納得できるんです。沙代里さんは、料理が好きなふりをしてるだけ」

必死で訴えている自分が滑稽に思えるほど、沙代里さんは微笑みを崩さなかった。そのままコーヒーカップを優しく置くと、

「優花ちゃん、これからわたしの部屋に来ない？」

沙代里さんは言った。

「軽くごはんでも食べながらお話ししましょう」

入った瞬間、かつお節のような香りが鼻をかすめた。下町のほうへ地下鉄で数駅進んだところに沙代里さんの住むアパートはあった。

来客を予想していなかったはずなのに部屋は片付いていた。籐のかごに入ったたくさんのキウイとアボカド、外国製らしい瓶のマヨネーズやソース、スパイス、ミキサー、ゴム手袋、そのほか名前を知らない調理器具たち。見慣れないものばかりが目に入る。間取り自体は我が家と似ているが、キッチンはオープン型で、カウンターがついている。そこに沿うように、ふたり用のテーブルと椅子が置かれていた。テーブルはよく磨かれ、端に醤油さしや七味唐辛子が置かれているほかに余計なものがなかった。これが「食卓」というやつだ。

「座ってて。少し待たせてしまうけど」

エプロンをつけながら沙代里さんが言う。

「今から作るんですか？　スーパーにも寄ってないのに？」

答えずに、沙代里さんは手際よく米を研ぎ始めていた。思わず見入ってしまう。

「そこ座っていいよ」

もう一度言われるが、カウンターの隅に立ったまま目を離すことができない。わたしが無意識に呼吸を繰り返しているうちに、沙代里さんは洗った米にツナ缶を入れ、顆粒のコンソメとみりんを入れ、トマトをまるごと一つ入れ、炊飯器の早炊きのスイッチをいれた。みりんは、わたしが一番大きいサイズにしようと意を決して購入したものよりさらに大きい、二リットル入りの紙パックだった。あんなサイズが売っているなんて。それを使い切る気でいるなんて。

「これでご飯ものは完成」

沙代里さんはひとり言のようにつぶやくと、冷蔵庫からまぐろの切り落としが入ったパックと卵を取り出した。まぐろをボウルに出し、片手で卵を割ると器用に卵黄だけをそこに加え、さらに茶色っぽい粉と醤油を混ぜ、ラップをかけ冷蔵庫に戻す。卵の白身がどこへ消えたのか見逃した。

「それで一品、完成ですか……？」

「うん、冷蔵庫で数十分置いておけば大丈夫。あとで切ったアボカドと合わせるの」

「さっきの茶色っぽいのは」

「きび砂糖」

嘘のようなスピードで目の前の光景が変わっていく。プロのピアニストの超絶技巧を見ている気持ちだった。むだな動きも無音の時間もない。鼓動が沙代里さんの動きとともに速まって、息を吸ったり吐いたりするタイミングが狂っていく。

沙代里さんは舞茸をまるごと、深さのあるフライパンで焼き始め、その間にまな板と包丁を出して食材を次々と切り始める。キウイ、モツァレラチーズ、紫のオニオン、何らかのピンク色の根菜。メトロノームが鳴っているように正確なリズム。

「そのピンクは……」

「下ゆでしておいたビーツ。八百屋さんで安かったから」

ビーツを切り終えると端に寄せ、次はキウイとモツァレラチーズと続く。丸い皿の上に交互に並べ、オリーブオイルをかけた。上から黒コショウも挽く。沙代里さんはもう「座ったら」とは言わなかった。代わりに、

「このミル、百円で買えるの」

「オイルをかけておくと、キウイの酸化防止になるんだよ」

など聞かなくても教えてくれる。野菜の切りくずは、ちょっと目を離したうちに片付けられている。いったいどこへ……と考えている隙に、作り置きしていたという鶏ハムを割いたものとビーツ、紫のオニオンが、ボウルの中で瓶のマヨネーズと和えられてい

る。次の瞬間、わたしの後ろをさっと何かが抜けたと思ったら、沙代里さんだった。足音も立たないほど静かな早歩きでリビングを横切って窓を開け、ベランダのプランターから植物の一部をちぎって戻ってきた。上にのせると、一気にデパ地下で売られている高級なサラダのように見違えた。

「こんな都会でも年中生えてくれるの、ローズマリーは。強いのよ」

舞茸のこうばしい香りが強くなってきて、裏返す。いい焼き色がついているのが見える。そこに「昨日のスープ」と言っていた鍋の中身が流し込まれると、音と香りが一斉に広がった。口の中につばが溢れる。やっと、沙代里さんの動きが止まった。思わずわたしが大きな息をつくと、それが終わり切る前に沙代里さんはまた、

「まだご飯が炊けてないから、先に洗いものしちゃうね」

と言った。ボウル、まな板、包丁、空いた鍋を想像の倍速で洗い上げ、水切りの網の上に載せたとき、ちょうど、お米が炊きあがったことを知らせるアラームが鳴った。思わず時計を確かめる。たったの三十分しか経っていなかった。目が合うと沙代里さんは笑った。今まで見たどのときよりも楽しそうに。

真島さんのインスタグラムで見ていたランチョンマットの上に、料理が並んだ。トマトとツナの炊き込みご飯のようなもの、漬《づ》けまぐろにアボカドを添えたもの、スライスされたキウイとモッツァレラを並べたもの、ビーツや鶏ハムが入ったマヨネーズ味のサラダ、舞茸のスープ。わたしが作るものと違って、はっきりとした名前は分からないメニ

ユーばかりだ。赤や緑、ピンクにブラウン。色合いもきれいだった。沙代里さんはレモンサワーのプルタブを開けて、わたしのグラスにも注いでくれてから向かい側の席についた。

「食べましょう、待たせてごめんなさい」

ひとつも手伝っていないのに、ずっと肩に力が入っていた。箸を動かそうとすると上半身の関節のどこかがぱきっと音を立てた。

「おいしい」

どれを食べても出てくるのはそれだった。この二日間で初めて食べる、タピオカ以外の固形物だった。おいしさが体の中心をまっすぐ落ちて、胃にたどり着いて柔らかく沈殿していく。少しずつ全身が温かくなった。

炊き込みご飯はそれだけでどんどん食べられた。まぐろは卵黄とアボカドでまろやかさが加わって、舞茸の旨みが染み出したスープは温かい。ビーツは癖がなく鶏ハムはしっとりとしている。のせていただけなのにローズマリーの香りも効いている。計量スプーンは一度も使っていなかったのに、どうしてちゃんと味がするのだろう。どうしてわたしなんかにも、こんな料理を作ってくれるのだろう。

これはもう、しょうがない。箸を置いた。

「沙代里さんは料理が好きなんですね」

好きじゃなくて、どうしてあんなふうに笑えるだろう。

「伝わったなら、よかった」

言ってから沙代里さんはグラスを傾けた。

「すみませんでした。突然、仕事場に押しかけて、勝手なことを言って」

「いいのよ」

「こんなご迷惑までかけて」

「料理を作ることは、迷惑でも面倒でもないよ、好きなんだから」

沙代里さんは立ちあがると、おもむろにシングルベッドの下の収納を引き出した。

「これ、宝物」

料理本がぎゅうぎゅうに重なって入っていた。

「見ていいんですか？」

沙代里さんは頷いた。わたしの本棚にも入っているのと同じ本があり、手に取った。確かに同じであるはずなのに、ページの手触りは別物だった。沙代里さんのは、使い込まれていた。何度も見たのであろうメニューのページには折り目がつき、しわがつき、ぱりぱりしている。濡れるのと乾くのを繰り返したのだろう。

「沙代里さんでもレシピ本、見ることあるんですか」

「ここにあるのは全部お気に入りだから、読み返すよ。何度も作ってると覚えるし、だんだん、どの食材で代用できるか勘でわかるようになるけどね」

沙代里さんは、自分のひざの上に置いた『基本の手料理１００』の文字を、大事そうになでていた。

「好きになれるかどうかなんて、自分でも最初は全然わからないんだよね。料理は、好きになろうとしているうちに、本当に好きになってた。だからマシーのことも、そうなるかなと思ったら、そうじゃなかった。今の彼のほうが好きだった。マシーにはひどいことをしたって思ってる。優花ちゃんにも。ごめんなさい」

沙代里さんは謝った。

「謝るのはわたしです。沙代里さんも自分と同じだ、ずるい人だって、思いたかった」

「まあ『料理が好きなんて嘘だ』って言われるのは、傷つくかな。前も違う人に言われたことがあるの、料理好きアピールなんて男に媚びてるだけだって」

「ごめんなさい」

「わたしは、好きになりたくてがんばって好きになれた好きも、立派な好きだって思ってるよ。好きとか嫌いの気持ちって、自分以外の誰かが計測したり、判定したりできないと思う。誰かが勝手に決めつけられるものじゃない」

頷いた。わたしも「料理は愛情」という言葉で、母からの愛情や真島さんへの好きの気持ちの大きさを誰かに計られそうになるのが、ずっといやだったのに。どうして沙代里さんを疑ったんだろう。

「沙代里さん、わたしは真島さんが好きなんです」

「そう」

「真島さんは、料理好きな人が好きなんです」

「……そうだよね」

「わたしは、なれないんです。どうしたらいいか、わからないんです。沙代里さんは、どうやったら料理を好きになろうとして好きになれたんですか」

「前も話したけど、きっかけは前職のストレスでの激太りで、そこから自炊するようになって」

「自炊を始めてすぐ、思えましたか」

「それは違うかな。食べてもらいたい大切な人が増えて、だんだん」

「その彼ですよね」

「作ってて一番楽しいのは、姪っ子にあげるお菓子かな」

予想していなかった答えだった。

「姪っ子」

「三年前、その子が生まれたばっかりのときは姉が料理する余裕がなくて、通って色々と作ってて。今も何かと作っちゃうんだよね、すごく喜んでくれるから。あとは今、おばあちゃんが施設に入ってて。そこの食事がまずいって言うから、母と姉と交代で週一回ずつ、お弁当を届けてるの。華やかに見えるのになるべく消化のいいメニューを考えるの、とっても大変だけど、でも喜んでもらえるとうれしいよ。あとは生徒さんのためにも、上手くなりたいって思えるし。教室を卒業した生徒さんとも結構交流が続いていて、誰かの家で持ち寄りパーティーをしたりするのよ。彼に喜んでもらうのも、もちろんうれしいけどね。大切な人が増えるほど料理が好きになれるのかな」

沙代里さんは、その面々を思い出しているようで、自然と穏やかな笑顔になっていった。どうしてわたしは沙代里さんみたいな考え方ができないんだろう。わたしにも大切な人がいるのにどうして、わたしは料理が嫌いなままなのだろう。やっぱりわたしに見えている世界は狭い。もしも沙代里さんと同じ状況になったとしてもきっと、狭い世界の自分のことだけで精一杯になってしまうだろう。この正しさには敵わない。

「沙代里さんは、正しい」

途方に暮れて、消え入るような声が出た。沙代里さんは首を振る。

「それは違うと思うよ」

「沙代里さんは、自然に正しいものを選べる。料理が好きになれるって、大切な人に料理を作ってあげたいって思えるって、正しいです」

これも真島さんが言っていたことだと、途中で気がつく。

「違うよ、わたしだって正しくないよ。今の彼、浮気性だし、マザコンだし、家事は一切できないんだよ。だいたい、『結婚したい職業ナンバーワンは料理教室の先生』って公言してる男って最低。正しい判断ができるなら、好きになりたくないタイプなの。でも、好きなの。好きになりたいものだけを好きになれたらいいのにって、わたしも思う。でも、むりだよね？　どうしようもないよね？　ある意味、あきらめたんだと思う」

そこまで言うと沙代里さんは、

「でもわたしは、これをあきらめって呼ばない。決断って呼ぶ。そう呼ぶことにするって、それも決めたの」

決断のところに一層力を込めて言った。

「優花ちゃんには、マシーを好きな気持ちと、料理を好きになれない気持ち、どちらもあるんだよね？」

聞かれて、ぱりぱりのページにもう一度触れた。

「わたしには、どっちの気持ちも確かにあります」

真島さんを好きだという気持ちと、料理が嫌いな気持ちは、そこで何にもつながらず、寄りかからず、ただそれぞれで立っている。

「うん。じゃあ、しょうがない」

沙代里さんが力強く言う。

「しょうがない……」

「そうそう、しょうがない、しょうがない。しょうがないことばっかりだよね」

沙代里さんは笑った。沙代里さんがあきらめに決断という名前を付けて呼ぶようなことを、わたしはずっとさぼってきたのかもしれない。しょうがないと腹をくくることもしなかった。中途半端に人を巻き込んでふらふらしていた。

「その彼と、絶対に幸せになってください」

沙代里さんに言った。

「うん、なる」

沙代里さんは、いつもみたいにふんわりと頷いた。

「……優花ちゃんも幸せに、なってください」

わたしも自分で決めなければいけない。頷きかたは、沙代里さんのをまねをした。


顔を合わせるなり、東当さんのほうから緊張した声で切り出された。

「赤ちゃん、できたんですか。前の彼との、ですか。その話ですよね」

驚いて、大きな声が出そうになって飲み込んだ。週末、ディナータイムの開店前の店先で、会ってもらった。東当さんは、バンドTシャツの上に、初めて見る黒いカーディガンを羽織っていた。そういう話だと予見しながら、わたしのあげたバンドTシャツを着てきてくれるなんて。

「この前、バイトの子が、離乳食の本を立ち読みする須田さんを何回か見たって言っていて。ごめん、僕もなかなか切り出せなくって……、それで、あの、体は大丈夫なんですか」

この期に及んで気遣ってくれるなんて。

「東当さん、すみません、違います」

「え?」

「そんな予定ないです。離乳食はただ、こんなに大変なものを作っている人がこの世にいるんだって、思い知るために見ていただけで」

「なんだ……」

東当さんの表情から、だんだんと力が抜け始めた。

「そうですか。ごめん、早とちりして変なことを……」

「それで、東当さんともう、会えません。恋人には、なれません」

言い出すタイミングが、おかしくなった。東当さんが声を飲み込む番だった。

「たくさん優しくしてくれたのに、料理を教えてくれようとしていたのに、ごめんなさい。東当さんのことを、とても好きになりたかったです。前の彼を嫌いになりたかった。どちらもできませんでした」

力の抜けた顔のままで東当さんは「そっちか」と言ってから、

「じゃあやっぱり、前の彼とよりを戻すんですか」

と聞いた。

「戻しません。彼には、好きな人がいるので」

「それなら。今は好きじゃなくて好きになりたいで、僕はいいのに」

「好きになりたい、だから、だめなんです。東当さんは人間です。だから、ものじゃないから」

話せば話すほど、東当さんともう会えない理由は、心もとないものになっていった。

理由と結果の間の接続詞が、おかしくなった。東当さんはそれでも、

「じゃあ、わかりました。というか、最初からなんとなく、わかってました」

と言って、わたしが好きになりたかった八の字の眉の笑顔を作った。

「最近、会えてなかったしね」

東当さんなりの納得できる材料を探そうとしているのを見るのはつらかった。

「本当に、ごめんなさい」

「あ、一緒に買った調味料、あれは少しは役に立ちましたか」

聞かれて、すぐに答えられなかった。スーパーの夜を思い出す。調味酢は、ピクルス作りで減った。めんつゆは、百合子と食べた素麺で半分使った。三種類のドレッシングは、たまにカット野菜にかけている。みりんは、一度だけ親子丼に使った。窓から弱くなった秋の日が入り、なめらかに輝く様は、並んだ調味料の中で一番きれいだ。わずかにでも前進したのは、東当さんのおかげに違いなかったのに。

東当さんは悲しそうな顔のままで笑い声をたてた。

「ごめんなさい」

しょうがない、を受け入れると、前にも増して自分がどんどん嫌いになっていく。わたしは、こんなことからも逃げていた。

どちらも何も言わない間が続いて、シェフが試作をしているような香りが、階段を上って漂ってくる。商店街のほうまで流れていたこの香りに、仕事からの帰り道でふとぶ

つかると、古い知り合いに出くわしたようにほっとした。もうここには、立ち寄ることができない。東当さんが口を開いた。

「最後に、聞いていいですか」

「はい」

「もしも僕が一日三食、須田さんのために作るよって言ったら、須田さんは包丁なんてこれから持たなくていいよ、料理のことなんて今後は一切考えなくていいよって言ったら、それでも好きになれませんか」

それは、まさしく楽園だ。

前よりもよそよそしいユートピアのざわめきが、後ろから聞こえている。東当さんのことを好きになれたら、どれだけよかっただろう。

「東当さんが料理を毎日三食作ってくれても、きっと東当さんのことを好きにはなれない」

言ってしまった言葉の冷たさに戸惑った。

「ごめんなさい」

「もう謝らないでください」

東当さんは、わたしを気遣うような目をしていた。一度息を吐いた東当さんは、

「ちょっと待ってて」

階段を駆け下りて店に入ると、使い込まれた大きなボウルを持って戻ってきた。チョ

コの湯煎用に間に合わせで買ったボウルがおもちゃに見えそうなくらい、明らかなプロ仕様だった。

「本当は、プレゼントしようと思って、誰が使っても炒め物が上手にできるっていう名品のフライパンを注文してたんだけど。それ、製造が半年待ちなんです。到着前にこうなるなんて。だからこれ。使い古しですけど、どうぞ」

渡されたステンレスのボウルは、ずっしりと重く、冷たかった。底の細かな傷が光って見えた。

「こんなでっかいのがキッチンにあったら、僕のことも、なかなか忘れないでしょう」

大きな右手が差し出された。

「僕は大丈夫です。こんなお別れひとつ、絶望でもなんでもないですから」

ボウルを一度、地面に置いてから握った。東当さんの手が大きくて温かいことは変わらないのに、夏の調味料売り場でかわした握手とは、まったく別の握手だった。

5 再び冬、チョコ炎上

コンビニに入るとまた、真島さんが言っていたバンドの新曲がかかっていた。鈴の音が一定のリズムで鳴る冬を意識したバラードで、要約すれば「冬になるとあなたに会いたくなります」という単純な歌詞だった。

「この曲、よくかかってるよね」

サラダを選んでいる岡ちゃんが言った。岡ちゃんはコンビニの新発売のサラダを、どれでも試す。わたしの自炊とお弁当作りは再び途切れた。昼は岡ちゃんとコンビニか外食、夜は買ってきたお惣菜やパンを食べる日々が戻った。

やっぱり、出来合いで済ませる食事がわびしいと思う人の気持ちが、わからない。わかることがどうしてもできない。それは相変わらず苦しいことだけれど、ファストフードやインスタントや、知らない誰かが作ってくれたお惣菜は、前と変わらず、優しくおいしく、わたしを迎えてくれた。口に入れると心は柔らかく満たされて、気づけば鼻歌が漏れているような感じだ。昔の自分に出会ったようになつかしく、自分が自分に戻っていく。この安らぎ自体が正しくないのだと言われたら、どうしたらいいのか、もっとわからない。

「だよね。サビ覚えてきちゃった」

オーソドックスな焼きそばパンを手にして言うと、岡ちゃんは、

「わたし、もう歌えるよ。それにしてもこのバンド、いっつも歌詞がださいわ。冬のあるあるを詰め込みすぎなんだよ」

と笑った。岡ちゃんには言わなかったけれど、その曲をわたしはダウンロードし、この冬のテーマソングとしている。

ユートピアの天井からは、きらきらした赤と緑のモールがぶら下がったり、サンタクロースの衣装を着たイメージキャラクターのコアラが、ぬいぐるみになって各店に飾られたりしている。クリスマスのムードが中途半端に取り入れられている商店街を、その曲を聴きながら帰り、正方形の部屋の扉を開ける。

引っ越しをして半年近くが経ったのに、大きなボウルとほとんど新品の調味料が増えただけだ。真島さんが好きで、料理が嫌いだ。枕元には地球儀がある。地球儀を回すたび、世界は狭いなと思う。何度回しても、知らない形の大陸が増えていることなどない。

仕事がある。家がある。体がある。何もしなくても明日が来る。友達がいる。両親がいる。好きだと言ってくれた人がいる。ものすごく好きな相手だっている。それなのに、地球儀にあるどこにも、自分が行ける場所がない気がするのが不思議だった。行ったことのない国ばかりなのに世界が狭いと思うのは、不思議だった。

「真島さんなんかのために、あんないい人をふるなんて」

百合子は何度も言って、泣いてまでいた。百合子がそうしてくれたおかげで、わたしは、ふっておいて自分が泣くという最低なことをしないで済んだ。

坂間くんは、言葉は「そすか」だけだったが、その翌週、アレの第一シーズンを見るよう熱心に勧めてくれた。見始めたら、あっさりはまった。

「アレの中の人々も、料理の分担でもめたりしてるね」

と感想を伝えると、

「見たんすね。メンタル落ちてるときは、のど自慢もいいすよ」

と、さらにアドバイスをくれた。

「実家にいるころ、たまたま点いているのしか見たことないな」

「おばあちゃんと手をつないで歌う中学生男子とか、結婚する同僚にウエディングソングを贈る三人組とか、出るんすよ。やばいすよね」

坂間くんは真顔でそう言った。

「どうやばいの」

「とにかく、やばいす」

真島さんからは、動物園の日以来、連絡がなかったし、こちらからもできないでいた。「冬になるとあなたに会いたくなります」。ありきたりなあの曲のような、そんなぼんやりとした理由で会えるなら、言ってしまいたかった。

イブとクリスマスは、どちらもからりとした冬晴れだった。母からは、手作りのブッシュ・ド・ノエルの写真が送られてきた。百合子と太郎さんはふたりで過ごし、中さんは「干物仲間とパーティーをする」と言っていた。

イブの夜、商店街の洋菓子チェーン、コージーコーナーには、老若男女の行列ができていた。わたしはそこに加わって十五分待ち、三〜四人向けと書かれたチョコレートのホールケーキをひとつ買った。宅配のピザハットでマルゲリータを一枚注文したら、サンタ帽をかぶった配達員が、おまけで次回割引券とチキンナゲットをくれた。コージーコーナーは安定の味で、ピザは自分でマヨネーズとタバスコをプラスした。おいしさで体中が弛緩して、頭のてっぺんからくらくらした。

正方形の部屋の壁際、ひとりでケーキとピザを食べながら、アレの第二シーズンを見た。さみしいことではなかった。料理を好きになろうとしていた日々を思えば、ずっと穏やかに過ごせているし、生きている実感のようなものさえ感じられた。

真島さんと付き合うことになったのは、去年の今ごろだったと思い返す。この一年、明らかに迷走していた。恋人になれたから、料理をがんばろうとした。バレンタインにさっそくチョコで挫折し、ふられた。もう一度《あがりとう》がんばろう。そう思ってお弁当作りを始めた。すぐに疲れてユートピアへ逃げた。東当さんと出会って、真島さんとは関係ないところで料理を好きになりたいと思えた。思えたのに、その東当さんをわたしは傷つけた。

大きな波に揺られて、逆らって、流されて、溺《おぼ》れて。今はどこかの浜辺へ打ち上げられたみたいに静かだ。料理がやっと、わたしから遠くに離れて、水平線で小さく光る粒になっている。ここから見るだけならきれいだ。生きている、わたしは今ちゃんと生きている。お弁当作りがなくなった分だけ眠れているからか、頭の中は常に晴れやかで、体も健やかだった。肩こりもいつの間にか消えていた。

真島さんと切り離したところで料理ができる人になろうと決めたのに、わたしは真島さんのことを忘れていないし、料理へのやる気も失っている。料理が嫌いで真島さんを好き。そのことは、わたしひとりの世界では、両立してしまうのだった。

日付が二十六日に変わった途端だった。真島さんからの電話が鳴った。

「久しぶり」

と真島さんは言い、

「クリスマスにかけるのは気が引けたから。二十六日になるのを待ってた」

と続けた。わたしもどうしてか、真島さんがこの瞬間に電話をかけてくることを知っていた気がした。

「真島さんはクリスマス、何食べました?」

「きのうもきょうも普通に飲みだった、仕事の」

「チキンは?」

「今夜はホテルで立食だったからね、ローストチキンとかあったよ。俺は酒しか飲んでないけど」

「栄養あるもの、とったほうがいいですよ」

「まともなこと言うね」

「せっかくのバイキング形式なんですから」

「まあ、うん。それでさ、冬にあのホッキョクグマを見に行ったことがなくて。一緒に行かないかなと思って。二十九日はどう？」

と真島さんは誘った。

北風が強く、空は灰色だった。マフラーをしてこなかったことを悔やんだが、待ち合わせに現れた真島さんは薄着だった。黒いカットソーに、春や秋も着ていたトレンチコートを羽織っただけだった。頭の上には、カーキ色のハットが復活していた。前夜が職場の忘年会だったそうで、くちびるは若干紫色で、顔はむくんでいた。

「一年ぶりくらいに会った気がするな」

と真島さんは言った。忙しい真島さんはわたしの数倍の体感速度で日々を過ごしているのかもしれない。

「真島さんは今年も、帰省しないんですか」

「しないよ、いつも」

園内の人はまばらで、ホッキョクグマにたどり着くまでに見かけたゾウもキリンもライオンもフラミンゴも、みんな表情は沈んでいるように見えた。カピバラなどこの世の終わりのような顔をしていた。

　真島さんは、そういう動物たちの雰囲気に馴染む話しかたで、沙代里さんの近況――結婚が来年の四月に決まったこと、結婚したら料理教室の先生はやめて専業主婦になることなど――を報告した。

「あと、花嫁修業だって言って、別のもっとお高い料理教室に生徒として通ってるらしいよ。自分も料理教室の先生なのにね。花嫁修業とか、死語だよ。一体、その男のどこがそんなにいいんだか」

「わたしもよく言われますよ、真島さんのどこがいいんだって」

　真島さんは白い息を出して少し笑った。風がやんだように感じたのは、ホッキョクグマの前に着いたときだった。実際には変わらない強さで吹きつけていたのだが、耳にあたるその音は急速に弱まり、ホッキョクグマの一挙手一投足を、ほかの動物たちよりずっと近くで感じた。外に出ているのは一頭だけだったが、いつもより体を左右にるんるんさせるようにして陸地を歩いている。

「生き生きしてる」

　真島さんが言う。空いていたので、冷たくなった柵に肘からもたれかかって、じっくりと見ることができた。

「ロックでは……ないですね」

　作ってきた温かいタピオカミルクティーを、保温の水筒からふたり分、持参した紙コップに移した。

「占いする？　前と同じやつ」

ひと口飲んでから、真島さんは提案した。あまり意味がないとはわかっていても、自分以外の何かに理由や判断を求めたくなる気持ちを、わたしも知っている。

「やっぱりわたしたち、似ています」と言うと、真島さんは首を傾げた。

三分後だった。わたしたちであれば凍えて気を失うであろう冬のプールの中に、ホッキョクグマは豪快に飛び込んだ。「よいことがある」という結果だ。数分泳いでまた陸地に戻ると、ますます覚醒したような覇気ある顔をしていて、わずかにではあったがわたしたちと視線を合わせるサービス精神も見せた。初めてのことだった。

「あれこそが自然体ってやつなのかな」

真島さんが口を開いた。ミルクティーのおかげか、くちびるの紫は桃色に近づいていた。

「俺が自然体でいたら、だめなんだよ。誰も俺の近くにいなくなる。前も言ったけどさ、色んなことをちょっとずつ間違い続けるんだから」

「はい」

「もっと普通にとか自然体でとか、そのままの自分を出して生きればいいのにって言ってくる人、いるでしょ」

と真島さんが目でホッキョクグマを追いながら言う。

「いますね」

「そんなこと言えるのは、本来の姿で生きても大丈夫な人なんだ。自然に生きても間違いが少ない人というかさ」

「わたしは生まれてこのかた、ちょっとずつ間違い続けている気がしますけど」

「じゃあさ、一番覚えてる間違いは？」

ホッキョクグマはこっちを見ていて、わたしの答えを一緒に待っているようにも見えた。

「町内会の運動会のパン食い競走で、すべてのパンをとったことですかね」

言葉にしてしまうと、笑い話になるどうでもよさだった。

「たしか五歳くらいのころでした。多くとった人が勝ちだと思っていたんですよ。人生で一番の猛ダッシュをして、全部のパンをむしりとりました」

あのときの周りの笑い声や、わたしを止めに入った母の腕の力を、忘れることができない。わたし以外のみんなはパン食い競走の仕組みを知っていたのか、という驚き。わたしの握力で潰れてしまったパンは、もう一度つるし直され、パン食い競走は仕切り直された。

大切な人ができて自分が変わること、その人に温かい手料理を作りたいと思うこと、それがスタンダードであると度々思い知るときの感覚は、今思えば、パン食い競走のあとに似ていた。

「真島さんは？」

「前にも言ったフルートの指使いと、鼻呼吸の仕方」

「鼻呼吸？」

「無意識にしていると、俺の鼻呼吸は気持ち悪い音になる」

ちっぽけすぎて、心臓の上あたりがくすぐられたようにきゅっとなった。そのまま自分の息を止めて耳を澄ませてみたが、鼻呼吸音に特に違和感はなかった。

「気づいたことなかったです」

「いつも気をつけてるからでしょ。腹式呼吸するようにしてるし。あとは小さいとき、卵アレルギーだった弟に、卵を分けてあげちゃったことかな。食べたそうだったから、よかれと思ってね」

「それは……ちょっとした間違いどころじゃないんじゃないですか」

「うん」

「大丈夫だったんですか」

「うん」

そのあと、わたしと真島さんは、同じタイミングでため息をついた。ここでわざわざ言わない、もっとささやかな間違いを、どちらも重ねてきたのだろうと思えた。言葉にすれば笑い話になってしまうような、でも、ありのままでいたら自分はだめなのだと自覚するには十分な間違いをたくさん。

「そういえば真島さん、冷蔵庫に本を収納してましたよね。あれも間違いだと思います」

「知ってる。だからサヨさんと付き合ってるときは、やめてた。今はまた入ってるけど」

ホッキョクグマは首を振りながら、堂々と歩く。

「俺みたいな人間が間違いを最小限で食い止めるためには、できるだけ緊張して、ありのままでいないように努めることが重要だっていう気がするんだよ。それさえ止めたら、俺たちは、きっと」

「そこは真島さん、間違ってないですよ」

真島さんが、わたしに言われたがっているのだろう言葉を言った。

「だよね。たぶん、きみもだと思うから」

わたしは頷いた。真島さんは北風を受けて恍惚としているホッキョクグマを見たままでまた、ため息のような声で続けた。

「サヨさんは、ありのままで生きても大丈夫な人だったんだよな。料理は愛情って堂々と言えるなんて、最高に冬のホッキョクグマなんだよな」

最高に冬のホッキョクグマ。思い出す。沙代里さんの料理本がぱりぱりだったこと。沙代里さんなりに「しょうがない」を抱えていること。それを「あきらめって呼ばない」と言っていたこと。

沙代里さんは確かに、わたしたちよりこの世に慣れているし器用だ。でも本当に、冬のホッキョクグマなんだろうか。沙代里さんだって、自分のことを正しくないと思っている。違うのは、「しょうがない」ことに自分で名前をつけているところで、名前をつけるのが、わたしたちより少し上手。それだけだという気もした。

「はたから見たら真島さんだって、冬寄りのホッキョクグマかもしれないですよ。大きい企業で働いて、健康で、それなりにモテて。よく知らない人には、最高に冬のホッキョクグマに見えてるかもしれませんよ」

「いやいや」

真島さんはちょっとうれしそうに、首を振った。

「沙代里さんだって実際のところは、秋のホッキョクグマくらいかもしれないですよ」

「サヨさんは、完全に最高に冬だよ。だって『料理は愛情』だよ？」

「まだ沙代里さんのこと、好きなんですか」

真島さんはそれに答えなかったが、

「俺は今でも冬のホッキョクグマになりたい」

とつぶやいてから、湯気が立つタピオカミルクティーをすすった。

「タピオカの粒、前より小さくなったと思いませんか」

「そうかも。おいしいね。まあ、まだでかいけど」

このタピオカをひとりで丸めるとき、わたしは少しだけ楽しかったような気が、真島さんの感想を聞くとやっとした。その楽しいはただの気のせいで、明日になれば消えている気持ちに違いないけれど、真島さんと料理をしてみたいと思った。

「真島さん、今度のバレンタイン、ふたりでチョコを作りませんか」

だからそう言った。

「お互い、好きな人へ向けての愛情を思いっきり込めて、チョコを作ってみるんです」

「それは、なかなかにロックだね」

「料理に愛情は、本当に込められるのかどうか。やってみましょう」

真島さんは少し考えてから、「やってみようか」と受け入れた。ホッキョクグマがまた水へ飛び込んだあとで、いつもとは反対方向に園を一周し、早めの夕食を園内の食堂でとった。ふたりともカレーライスを頼んだが、生ぬるいルーはゾウの檻と同じ匂いがした。

「今まで食べた中で一番まずいカレーだ」

わたしが残してしまった半分を食べてくれた真島さんも言った。

「わたしが作った、玉ねぎ臭いカレーより？」

聞くと、だいぶ迷ってから頷いた。

「食べ過ぎたわ、今晩もクライアントとの忘年会なのに」

と嘆いてみせる真島さんと、正門の前で別れた。真島さんはまた、真島さんらしい走り方でバス停に向かっていった。日が沈むと空気はますます澄み、光の強い星から見え始めていた。

動物園の翌日は、中さんの家で鍋をすることになっていた。中さんと、中さんが料理教室で出会った友人の鷹《たか》さんが、教室で習った鍋を振舞いたいとのことで、百合子に太郎さん、わたしが招かれたのだ。剝きすぎた林檎を、おみやげとして渡した。予想していたより変色が進んでいて、しまったと思ったが、中さんは「食後にみんなで食べましょう」と喜んでくれた。

瘦せている鷹さんは、前髪の生え際がやや後退し、レトロな形のめがねをかけていた。

「どうぞどうぞ、自分の家だと思って」

おたまを手に、わたしたちをリビングへいざなった。

「いやいや鷹さん、ここは僕の家ですから」

と中さんがつっこむ様子は、夫婦《めおと》漫才のようでもあった。ふたりが作っていたのは、トマトチーズ鍋というものだった。

「鍋はやっぱり大勢じゃないとってことで。ね、鷹さん」

ローテーブルの中央では、立派な土鍋がカセットコンロの火にかけられて、ぐつぐつと音を立てていた。

「カマンベールが良い味出すんですよ」

「ね、教室でやったときも、ぺろりでしたよね」

皆でテーブルを囲んで座った。鍋つかみをした中さんが蓋を開けると、酸味と甘みの混じった湯気が立ち昇って、鷹さんのめがねは曇った。少し風邪気味だという百合子は烏龍茶で、わたしたち四人は太郎さんが持参した白ワインで、乾杯をした。

丸ごと入れられたカマンベールチーズが溶け出している赤いスープから、ぱんと張ったソーセージを取り出す。口の中で破れると、旨みがトマトの味と混ざり合い、ワインが進んだ。体の芯から温まっていく。誰かと鍋を囲むのは、好きなものに囲まれるひとりのクリスマスと同じくらい安らぐ、とは言えないまでも、同じくらい楽しいような気もし始めた。

「なんか僕、干物だけじゃなくて料理のセンスもあるみたいで。どんどん手際よくなっちゃってるんですよ」

中さんは、テーブルの空きスペースに干物を並べながら、得意げに言った。

「この間は、合羽橋に調理器具を色々と新調しにいったんですよね、鷹さんと」

教室で作った料理を載せるインスタも始めたそうで、次々と写真を見せてくれる。パフェの日に言っていた干物アカウントとは、また別らしい。

「こっちも、フォロワーはまだ六人だけですけど」

「そのうちのひとりが、僕ですね。中さんは教室の男性陣の期待の星なんですよ」

鷹さんは四十代後半のバツイチで、離れて暮らす高校生の娘がいるらしい。

「中さんに、アカウントを作ってもらったんです。中さんと娘だけフォローしてるんですよ」

「へえ、娘さんは、どんなの載せてるんですか」

目当ての具材を探しながら、太郎さんが聞く。

「たまに食べたスイーツとか。滅多に更新しないんですよ、あいつ。ああ、会いたいな」

みな、言葉を探して頷いた。

「鷹さん、酔うとお子さんの話ばかりしちゃうんですよね」

中さんが鷹さんの背中に励ますように触れてから、鍋にキャベツを足した。

「離婚してから料理教室に通うようになったんですけど、こういうの、娘にも作ってあげればよかったとか、そういうことばっかり考えちゃいますね」

沸騰するスープの表面を見つめた鷹さんが神妙に言う。

「わが子にはおいしいものを食べさせたいって、やっぱり思うものですか」

わたしが聞こうと思ったことを、先に百合子が聞いた。

「思いますよ。おいしくて、体によくて、栄養のあるものだけ食べて、一生に一度も風邪なんか引かずに過ごしてほしいって」

「ははは、そう言いつつ鷹さん、取引先の四十路女性とダブル不倫したのがばれて、元奥さんに三行半《みくだりはん》突き付けられたんですよね」

合いの手ほどの軽い調子で中さんが言った。

「もう中さん、それは言わないでくださいよー」

鷹さんが笑いながら、手を顔の前で振った。お決まりのやり取りのようだった。

「えっ、それほんとですか」

興味を示す太郎さんに、

「まあ、色々ありまして……」

鷹さんは笑って濁した。つられて中さんも笑い、太郎さんも笑ったが、少し間ができた。

鷹さんが空気を変えるように、わたしの剝いてきた林檎を手に取った。

「ああ、これ、食塩水につけてくればこんなに変色しませんよ」

とアドバイスをくれてから、しゃくっしゃくっとやけに耳に残る音を立ててかじり始めた。

「でも味はおいしいですね。ささ、みなさんもどうぞ」

その、しゃくっしゃくっを聞いているうち、急にトマト鍋の赤が、おどろおどろしいものに見えてきた。ダブル不倫の末、わが子と離ればなれになった鷹さんでも、大事な人に自分が作った料理を食べてもらいたいという真っ当な気持ちを持っている。その事実が、怖くなった。わたしは鷹さん以上の間違いを犯してしまう可能性がある、という証明に思えた。顔はほてって熱いのに、流されるままに一緒に笑ったふうにしている自分に、寒気がした。

「あ、忘れてた。皆さん、〝闇鍋〟のやつ、持ってきましたか？」

中さんが明るく言った。わたしたちは、具材を何かひとつ持って来るように言われていた。「闇鍋みたいなイメージで。何でもＯＫです」と、中さんからのメッセージには書かれていた。

「そうだそうだ、忘れてた」

太郎さんは、高級なお豆腐を取り出した。百合子は「トマト鍋って知ってたら、別のものにしたんだけど」と言いながら、パックに入ったきりたんぽを見せた。

「須田さんは？　持ってきました？」

わたしは、板チョコを持ってきてしまっていた。「闇鍋」といえば意外性のある食材だと考えた結果だったけれど、間違いだった。鍋を目の前にしていれば、すぐわかった。

「あ、忘れたんでしょ」

隣の百合子が顔をのぞきこむ。今かばんからチョコを出したら、きっとみんな笑ってくれるし、中さんは「須田さん、ひどいですよ」などと言ってくれるだろう。でも、出せなかった。鷹さんの話を聞いたあとでは絶対に出せない、という気持ちになっていた。

「ごめんなさい、忘れちゃって」

料理教室で習ったレシピを披露する、おいしい鍋を楽しむ会に、わたしはどうしてそれをぶち壊すようなチョコレートを持って行こうなどと考えたのだろう。おろかだった。

「大丈夫ですよ。須田さん、デザートの林檎、剝いて持って来てくれましたし」

中さんは優しく言った。それ以降、わたしの箸はすすまなくなってしまった。きりたんぽを投入したあとで百合子が、

「やっぱり体調悪いから、先に帰るわ」

と言い出した。太郎さんはお酒がすすんでいたので、わたしが送っていくと申し出た。外に出た瞬間、無味無臭の冷えた夜気を、体がごくごくと飲んでいった。

「ごめん、優花を付き合わせて。どうも気持ち悪くなってきちゃって」

「全然。わたしも、もうおなかいっぱいだったし。あの部屋、すごくトマト臭かったよね」

中さんの家から駅までは、二十分歩かなければいけない。路地を抜けてバスの走る通りに差し掛かる。幅の広い歩道ですれ違う人たちから、どことなく年末の浮ついた雰囲気が漂っている。

「百合子、駅まで歩ける？　バス来たら乗ろうね」

「いや大丈夫」

きっぱりと百合子は言い、そのあとわずかに歩を緩めると、

「わたし、妊娠してるかも」

と言った。百合子の後ろから鈴を鳴らして自転車が走ってきたので、盾になるように寄り添った。

「え、検査とかは？　太郎さんには？」

「言ってないし、検査もまだ。でもこの感じ、いるわ。いるいる」

落ち着いた表情を崩さず、自信をにじませて、仁王立ちの百合子は言った。

「いるとしたら、おめでとう」

「ありがとう、ちゃんと結果出たら言うから。病院に行けるのは年明けかな」

左手の、背の低い生垣の向こうに公園が見えた。砂場があり、滑り台があり、ブランコと水道があった。百合子がこういう場所で子どもを遊ばせているシーンは、容易に想像できた。

「ああ、初めて人に言ったからかな、今さらおなか空いてきちゃった。最近、急に気持ち悪くなったり、そうかと思えば無性に何でもいいから食べたくなったりするの」

「じゃあ板チョコ食べる？」

「持ってるの？」

「うん。闇鍋の具として、持ってきてたの。忘れたって言ったけど、本当は板チョコ持ってきてたの。最悪だよね。とてつもなく恥ずかしくなっちゃって、出せなかった。出さなくてよかったよね」

百合子は笑い出した。

「え、何、なんでそんなに落ち込んでるの。いいじゃんチョコくらい」

「だめだよ、こんなの鷹さん以下だよ」

「そんなに落ち込むことじゃないよ」

「いや、落ち込むよ。東当さんにさよならしたときと同じレベルで」

「そんなに大ごとじゃないでしょ。出したとして、鍋には入れなかったと思うけど」

百合子の笑いは止まらず、おなかを抱え出したので心配になったが、

「そこで食べて帰ろう」

百合子は公園のほうに目をやった。自動販売機で温かいほうじ茶を二つ買ってから、ブランコに腰かけた。公園を照らす、夜に開けた冷蔵庫の中に似た色の灯りに包まれる。

「あ、中さんから百合子は大丈夫かってメッセージきてる」

「本当だ、わたしにもきてるわ。太郎さんからも」

簡単に返信をし、銀紙を半分剝《は》いだ板チョコを隣の百合子に渡すと、百合子はそのまま嚙みついて、ぱきという澄んだ音がひと気のない公園に鳴った。

「おいしい。お鍋、ほとんど食べられなかったから、本当においしい」

「全部あげるよ」

「やった」

百合子は両手をあげておどけてくれた。

「ありがとう優花。今までの人生で食べたチョコの中で一番くらい、おいしく感じてる」

百合子がどんどんと食べ進めていくので、その言葉は真実味を持って響いた。

「本当に、めちゃくちゃおいしい。ありがとう」

「やっぱり、ひと口ちょうだい」

食べっぷりを見ていたら我慢できなくなった。百合子は、ひとかけら分けてくれた。

「……おいしい」

「中さんちで鍋にいれたら最悪でも、今、わたしにくれたら最高なんだよ。わたしの人生最高のチョコ。もし本当に子どもができてたらさ、わたしは何回もこのチョコのこと、思い出すと思うよ」

百合子はブランコを緩やかに揺らし始めて、

「でもさ、仕事、どうしようね」

そのまま、ぽつりと言った。

「入籍も予定より早めることになるんだろうし、式はどうなるんだろう、とか。あとは、子どももなんて育てられるのか、とか。だめだ、不安だらけだ」

立ち読みを繰り返した離乳食のレシピを思い出す。自分から最も遠い料理として見ていたものが、百合子の言葉で、途端に目の前にやってきた。元の食材がまったくわからないほどどすり潰された何か。その何かと何かを混ぜ合わせた、ペースト状の何か。十倍がゆ、七倍がゆ、五倍がゆ。消毒殺菌、裏ごし、すり鉢、湯剝き、ブレンダー、塩抜き、作り置き、冷凍保存——。こんなことをやり遂げる人間が本当に存在するのかと、疑うような気持ちで見ていたページの数々。

「わたしもくらくらしてきた」

「ほんと？　なんで優花が」

「だってさ、離乳食とか作れる気がしないよ」

「ああ、あれね。太郎さんの食事どころじゃないよね。わたしもやれる気がしない」

チョコの銀紙を、百合子は小さく丸めて握っていた。

「百合子くらいちゃんとしてたら大丈夫だって、わたしは思っちゃうけど。今って便利なレトルトもたくさんあるんでしょ？」

「うん。それを使うとしたらさ、からあげ粉のときみたいに、またひと悶着あるのかな」

「何かあったら、またうちに来て。いや、何もなくても、料理でも何でも手伝いに行くから」

百合子は意外そうに、わたしの顔を見た。

「ありがとう。優花がそんなこと言ってくれるなんて」

「任せて」

頷き返しながら、もう撤回したくなっていた。繊細な赤ちゃんの食べるものなんて、わたしに作れるわけない。ひとつの間違いが、文字どおりの命取りになる。真島さんがアレルギーの弟に卵をあげてしまったみたいに。ちょっとした間違い、では済まされない。でも百合子の力になりたいのは本当だった。

ふたつの気持ちは混ざり合わず、分離したままだったけれど、百合子は「ありがとう」ともう一度言った。

「熱が出ちゃったので、おせちは優花が作ってくれますか？」

コートのポケットが震え、母からのメッセージが入ったのは、電車に乗り込んでからだった。大みそかの昼間、席はすべて埋まっていたが、通勤電車ほど混んではいない。

母の体調を心配するより先に、慌てた。おせちなんて毎年、買ってきたものをそのまま詰めていると思っていた。わたしや父が寝静まったあとに作っていたんだろうか。

大体、おせちは好きではなかった。せっかくのお正月なのに、おせちの中身というのはどうして、伊達巻《だてまき》やら数の子やら煮物やら、地味な存在ばかりなのだろう。母に直接、そう伝えたこともあったはずだ。わたしが進んで口にするのは、栗きんとんだけだった。

重いかばんを床に置き、おせちの作り方を検索してみる。無数のレシピが存在し、初心者向けのものを探すのに時間がかかった。黒豆を煮たものなら作れるかもしれない。紅白なますを作るなら、ベジヌードル専用ピーラーを持ってくるべきだった――。考えていると、追加のメッセージが届いた。

「やっぱりいいです。代わりに出来合いのをお父さんが買ってきてくれるって言っています」

こういうとき沙代里さんなら、母より豪華なおせちを作り上げるのだろう。気づけば目の前の席が空いていた。座ると何もしていないのに疲れを感じて、わたしが返信したのは「了解」の二文字だけだった。

「あら早い。外、寒かったでしょ」

家に着くと、予想よりずっと母は元気だった。エプロンをつけて食器を洗っている。

「熱あるなら休んでてよ」

スポンジを奪うように代わると母は照れたのか、

「ちょっとお父さん、優花が食器洗い代わってくれたわよ」

と二階にいるらしい父へ向かって大きな声を出した。母が洗っていたのは、昨夜から溜まっていたらしい三食分の食器だった。

「薬飲んだら、効いてきたみたいで、昼から熱も下がってきたのよ。でも今年は、楽させてもらうわ」

「うん、ゆっくりしてて」

「ありがとう。でも優花、おせち作り免除されて、よかったって思ったでしょ」

「思ったよ」

「まあ、そうよね。いきなり作れるはずなんて、ないものね」

流しとカウンターを挟んで立つ母は、苦笑いした。少し横になってくると母が寝室に入ると代わりに父が現れ、車で数分の大型スーパーへひとり出かけていった。

「おせち頼んだだけなのに遅いわ」

母が心配して起き出してから、父はやっと帰宅した。抱えていたのは三人前のお寿司と、オードブルだった。からあげにコロッケ、エビフライ、フライドポテトにローストビーフ。十代が喜びそうなおかずばかりが詰まっている。

「はあ？　おせちって言ったでしょ」

「これ、おせちじゃないのか」

「どう見てもオードブルでしょ。毎年、何を思ってわたしの作ったおせちを食べてたのよ」

　ふたりはもめていたので、

「おせちもいいけどさ、これもおいしそうだよ」

と収めたけれど、わたしは内心、喜んでいた。おせちより、揚げ物のほうがずっといい。

　動き回って何かしようとする母をそのつど制し、夕食はお寿司を食べ、オードブルもつまんだ。

「大みそかもただの一日である」という主義の父がそうそうに寝室へ入ったあとは、母とふたりで紅白歌合戦を鑑賞するのが恒例になっている。体調が戻ってきたらしい母は、テレビに向かって何かとつっこみを入れている。真島さんが秋の動物園で好きだと言っていたバンドは今年、初出場を果たして、コンビニで何度も聞いた冬の曲を歌っていた。大御所の演歌歌手が、国民の八割方が知っている曲を披露している最中、

「今年は、おせちがなくてごめんね」

　母が向き直り、真顔で言ったので、驚いた。

「そんな、別に謝ることじゃないよ。わたしもお父さんも作らなかったし」

「お正月におせちって、大事よ」

「そうかな」

「大事大事。お正月におせち、クリスマスと誕生日にケーキ、ひな祭りにちらし寿司、夏休みにすいか、風邪をひいたらおかゆ、全部大事よ」

「この人が、毎年この日にこの曲を歌うみたいに？」

わたしはテレビを眺めたまま言った。

「茶化さないの」

「どうして大事なの」

「どうしてって、本当にわからないの？」

母の声が悲しそうにも聞こえたので、いつか言えたら言おうと思っていたことを、今言うことに決めた。

「大事なんだろうってことは、わかるの。でも自分では、そう思えない。ねえお母さん、わたしのこういうところとか、料理が苦手だったり、嫌いなのは、お母さんのせいじゃないからね」

母は目を大きくした。

「これはお母さんがしてくれたたくさんのこととは、まったくの別問題だから」

「あのね、優花、おせちは大事」

わたしの言いたいことが伝わっているのかいないのか、母はまた繰り返した。

「優花はまだわからないかもしれないけど、子どもはどんなに大きくなったって、自分と切り離しては考えられないの。だめなところも、いいところも。どちらにしてもたくさん考えるのよ。優花が不器用なのも、面倒くさがりなのも、料理が嫌いなのも、おせちの大事さがわかってないのも、わたしの育て方のせいって、そりゃあ親なら思うわよ」

「わたしは、親が思ってるよりは、子どもって親の影響、受けてないと思う」

「……そう、それも何だか寂しいけど」

「お母さんは毎日ごはんを作ってくれた。途方もなく大変なことだって、今はわかる。手作りの温かさも、ちゃんと教えようとしてくれた。すごく感謝して、尊敬もしてる。お母さんがしてくれたことを、なしにしたくないの。わたしが料理を嫌いなのも下手なのも、お母さんのせいじゃない。おせちより揚げ物が好きなのも、お母さんのせいじゃない」

「そ、そう」

納得はしていないみたいだったが、それ以上どうやって説明したらいいのかわからなくて、立ち上がった。

「蕎麦は、わたしがやるから」

毎年、トリを見ながら食べる年越し蕎麦を、そのまま用意した。蕎麦を茹でて、温めためんつゆに入れ、父が買ってきていたお惣菜チェーン店のてんぷらをのせる。それだけだったが母は喜んだ。

「人にやってもらうと、自分でやるよりずっとおいしい」

つゆまで飲み干してから、

「きっとあなたも、大事な人ができたらおせちの大切さ、わかるわ」

と言った。お母さん、わたしは大事な人がもうすでにいるんだよ。そう言ってみようかと考えて、やめた。テレビから「蛍の光」が聞こえていた。

年が明けると、メッセージが入り始めた。百合子は、太郎さんの実家で年越ししたらしい。中さんからは、「また夜パフェしましょう」とあった。意外なことに、坂間くんからも届いていた。

「今年はリアルなハウスで年越ししてみました。人間を好きになりたい詐欺の一環です。やっぱやばいすね、面倒くさいすね」

そういえば実家に向かう前に、のど自慢の名シーン総集編を少し見た。坂間くんが前もって教えてくれていたので、かばんに荷物を詰めながら、点けていたのだ。

出場者たちは、家族や友人への感謝や愛情をまっすぐに伝えていた。真島さんなら「ありきたり」と言うであろう歌詞の曲を歌いがちだった。客席は手作りの横断幕や、温かい応援で満ちていた。ある十代の姉妹の、お姉ちゃんのほうが「大好きなお母さんに贈ります」と、叫ぶようにして曲を紹介した。沙代里さんの料理教室を覗きながら聞いた、「好きだ好きだ愛している」と繰り返す曲だった。客席のお母さんが、泣いているのも映った。坂間くんが「やばいす」と言っていたのは、きっとこういうやつだろう。

坂間くんのやばいには、面倒くさいには、本人が気づいていないだけで結構、愛が込められているのかもしれない。そっちの世界に憧れる、強くて素直な愛のようなもの。

例年、おせちはなかなか減らないが、今年のオードブルは三日にはすべてなくなっていた。ほとんど、わたしと父が食べた。家を出るとき、すっかり風邪が治ったらしい母は、

「年越しのお蕎麦、おいしかった」

とまた言った。それから、

「親が思ってるよりは子どもは親の影響を受けない、って優花、言ってたでしょう。それね、それを言えるあなたはね、恵まれてるわ。この子は恵まれてる、って親が思える子になったってところは、よかった」

やけに真剣な顔で告げて、玄関でわたしを見送った。電車に揺られても、アパートに着いても、その表情がなかなか消えなかった。もやもやしながら林檎をピーラーで剝き、ひと玉を剝き終わったときわかった。風邪を引いていた母にも林檎を剝いてあげたらよかったのだ。今さら気づくなんて、と息を吐きつつ決めた。あの姉妹のように母に向かって歌うことはできないとしても、来年は母がおせちを作るところを見ていよう。

百合子から、春に予定していた太郎さんとの入籍を早めると聞いたのは、仕事始めの週の終わりだった。その夜、電話で百合子は、

「やっぱり、いたわ」

と報告をした。

「そっか、おめでとう」

「ありがとう。太郎さん、小躍りして喜んでる。八月には生まれそうなんだ。つわりっぽいのがあるし、仕事のこととか色々あるけど、やっぱりうれしさもあるね」

「百合子は大事な人がまたひとり増えるんだね」

「実感ないけどね」

「どう、あれからまた心境は変わった？」

百合子は少し考えた。

「わからないな」

時間をかけて絞るように言ったその言葉が、震えていたので驚いた。

「百合子、大丈夫？」

「こう思わなきゃいけないのかな、とか、こう感じなきゃおかしいのかな、とか予想しちゃってて、よくわからないって感じなんだと思う。太郎さんみたいに、小躍りなんてできない」

「うん」

「ねえ、わたし変われなかったら、どうしよう。ドラマとかアニメとか、そういうのに出てくるいいお母さんみたいに、子どものためなら何でもできるって言えるようにならなかったら、どうしよう。子どもの服ばっかり買って、自分のはどうでもいいって、そんなふうに思えなかったらどうしよう。自分の大好物の最後のひと口、子どもにあげられるお母さんになれなかったらどうしよう」

「大切な人のために変われないかもしれないって、怖いよね」

わたしと百合子では、その重みが違うとはわかっていても、そう言うしかなかった。

「うん怖い。すごく怖い。怖い、でもうれしい。楽しみ。でも怖い、めちゃくちゃに怖い。わたし変だよね。本にもメンタルが不安定になるって書いてあったから、じゃあ本のとおりに変われてるのかなって少し安心するんだけど、もう何が何だか」

百合子は今、泣いているのかもしれなかった。

「大丈夫？」

「ねえ優花、これって本当におめでたいことなのかな」

わたしにも正しくわかっている気はしなかった。

「わたしにも、わからないな」

でも、百合子を思うと言いたかった。最悪なチョコを、人生最高のチョコに変えてくれた百合子には言いたかった。

「わからないけど、百合子の子どもが生まれるのは、わたしはすごくうれしい。だから、おめでとうって言いたい。百合子がもしも変わらなくても、わたしは絶対、百合子が好きだよ」

吐息が聞こえて、百合子が笑ったような気がした。突然に、自分の言ったことが照れくさくなって、

「そういえば最近ね、手作りタピオカにはまってるの。また作るから持ってくね」

ごまかすように言うと、百合子は声を出して笑った。


真島さんとの約束は、バレンタインを四日後に控えた日曜日になった。正午をまわったばかりなのに、夜が近いように薄暗い。ちょうど一年前にも使ったボウルやゴムベラを用意し終わったころ、真島さんはメーカーの異なる板チョコがつまったスーパーのビニール袋を持ってやってきた。

「すごい正方形だね」

と、部屋を見渡している。

「チロルチョコみたいで気に入ってるんです」

ここに真島さんが来るとは引っ越すときは思っていなかったけれど、本当は思い描いていたような気もした。それくらい、部屋に真島さんは馴染んでいた。

正方形からはみ出たキッチンにふたりで立つと、「台所、狭いね」と半ば感心したように真島さんは言った。迷ったけれど、東当さんにもらったエプロンは、しなかった。

切断、切断、切断、切断。

一年前と同じように、わたしは包丁で板チョコを砕いていく。ホッキョクグマの形じゃないだけで、精神的にも物理的にもやりやすかった。五枚を砕いてから、真島さんに交代した。リズムはわたしより小刻みだった。六枚、七枚と進めていく。

「愛情って、どうやって込めるんだろう」

手を動かしたまま、真島さんはひとり言のように言った。

あとは包丁とまな板のぶつかる音と、チョコが砕ける音しかしなかった。簡単な指示と相づちだけで事は進んでいく。わたしは真島さんへの愛情を込めようとしながら、チョコを切断した。真島さんは沙代里さんへの気持ちを込めて切断しているはずだ。それなのに、こんなにもあっけなく進んでいく。時間を一時停止してほしいくらい、まったく愛を込められている気がしない。

十枚分溜まったところで、湯煎に移る。熱湯は、先にボウルに注いで冷ましておいたので、ちょうどよい温度になっている。

「湯煎は決して沸騰したてのお湯で行わないように」。一年前の反省を活かすことができた――、かすかな達成感が湧いて、ゴムベラは最初から真島さんに預けた。チョコのかけらたちの中をゆっくりと動かしていくと、おもしろいほどするすると溶けていき、部屋の隅々に香りが滑り込んでいく。途中で数回、チョコレートの中にお湯が入り、そのたび真島さんは、あぁ……と嘆いた。その間に、わたしは買っておいたタルト型のクッキーを並べた。欲張って大きめの、ひと口では食べられないサイズにした。

溶けたチョコレートを、スプーンを使ってその中へ注ぎ入れていく。わたしが五つ、真島さんも五つ。わたしがぼたぼたと周りにチョコをこぼしまくるのに比べ、真島さんは慎重で丁寧だった。

「わたしは、チョコが固まってからチョコペンで文字を書くって決めてます。真島さんへのメッセージを」

「ベタだね」

「真島さんはトッピングどうしますか」

答えを待っているうちに電話が震えた。坂間くんの名前が表示されている。Tシャツのおなかあたりで手を拭いてから出ると、かすかすの声が聞こえた。

「すみません、徒歩圏内で頼める人、須田さんだけで」

「どうしたの、その声」

「風邪ひいちゃって。体温計ないんすけど、たぶん熱すごいす。それで今、外見たら、雪降ってきてるじゃないすか」

「そうなんだ、気づいてなかった」

「コンビニまで歩ける気しなくて。ほんとに申し訳ないんすけど、林檎とカロリーメイトのチーズ味、買って、僕の家のドアの取っ手にぶら下げてもらうことってできませんか。買い置きのカップ麵、今ちょうど、蒙古タンメン中本の激辛のやつしかなくて。ほんとすみません」

いつになく低姿勢だった。

「そんなの全然いいよ。大丈夫？　林檎はね、家にストックたくさんあるの。ハムスターのために剝いて持って行くから。あとで詳しい住所送って。他にも必要なものあったら」

「すみません、じゃあ市販の風邪薬とかもいいすか……。マツキヨでいいんで」

坂間くんは商店街にあるドラッグストアの名を挙げた。一旦切って、事情を真島さんに話した。あの坂間くんが電話をしてくるなんて相当の事だ。

「ああ、坂間くんて、前に会社におもしろい人がいるって言ってた坂間くんでしょ。早く行ってあげなよ。チョコ、あとは冷やして待てばいいんでしょ？」

「すみません、林檎剝いて、マツキヨ寄って、届けたらすぐ戻るので。ほかにも何か持って行けるもの……」

言いながら冷蔵庫を開けると、メヒカリの干物が目に入った。数日前に、中さんからもらったものだ。そのお礼に渡した手作りタピオカの余りも見つけ、全部持って行くことにする。

「風邪のときに食べたいものって何ですかね」

「風邪といえば、おかゆとか」

そうだ、ご飯は冷凍ストックがある。

「いいですね。卵もあるし」

「えっ作るの？　作れるの？」

「たぶん」

「風邪」「おかゆ」のキーワードで、レシピを検索した。いくつも表示されて、上からひとつずつ見ていくが、どれにしたらいいかよくわからず、ぱっと見の写真が一番きれいだったレシピを選んだ。味付けには「だし汁、醬油、みりん」とあった。面倒くさいという気持ちが湧いてくるが、落ち着いて考えれば、だし汁は東当さんと夏に買った白だしで良いのだろうし、みりんならたっぷりとある。書かれているとおりの分量でだし汁と醬油を入れたところで、隣で見ている真島さんが聞いた。

「みりんって入れる必要ある？」

わたしは、無視して入れた。入れる前と後では、見たところまったく変わりがなく、香りにも特に変化はない。やっぱり料理を好きになろうとすることと、みりんの味を感じようとすることは、わたしにとって似ている。手ごたえが感じられない、という意味で。

煮ている間に林檎を剝き始める。もちろんピーラーを使う。鍋の番をしていた真島さんは、新種の虫を見るような目で、わたしの手元を二度見した。

「普通、ピーラーで林檎を剝くかな」

「ナイフ派の人って、そういう反応するんですね」

わたしには今や当たり前のことになっていた。ほかの作業に比べれば、これだけは、かなり自信を持てている。林檎早剝き選手権でいいところまで行く夢を見るほどだった。

優勝は、坂間くんだった。

「人間の九割以上はナイフ派だと思うよ」

でき上がったおかゆは、予定の三倍ほどの量になっていた。

「これ、雑炊っしょ。おかゆじゃないでしょ。雑炊のレシピ見たんじゃない？　ていうか、すごい量だよね。鍋ごと持ってくつもり？」

「こういう鍋、うちにはこれしかないので。持ってっちゃうとこの先、不便です」

そう言ったものの、我が家には気の利いたタッパーなどない。ボウル類はチョコの湯煎で使い果たしていた。鍋ごと持って行くしかない、と思いかけたとき、東当さんがくれた大きなボウルのことを思い出した。キッチンの棚の中には収納できず、電子レンジの上にのせたままにしてあったのだ。

「それは、さすがに大きすぎると思うけど」

と真島さんは言ったが、今使わなければ、いつ使うだろう。大量のおかゆは、ボウルの三分の二をたっぷりと埋め、上からなんとかラップをかけた。

「じゃあ、真島さんは待っててください」

ラップに包んだ林檎を入れたビニール袋を腕にひっかけ、ボウルを抱え、干物とタピオカを詰めたリュックを背負う。ちょうどいい具合に冷めてきたおかゆの熱が、じんわりと腕や胸に伝わった。いいカイロ代わりになりそうだった。真島さんが、ため息をつく。

「一緒に行くよ。それ抱えながらマツキヨなんて無理だよ」

ユートピアのアーケードに入ってから、真島さんは、雪が舞う外を振り返って「絵みたいだな」と言った。同じように振り返れば確かに、ユートピアという額に入れられた雪景色の絵に見えた。

「おかゆ、こぼさないでくださいね。そのコート高そうだから」

「そんな高くないよ」

真島さんは、いつものトレンチコートを着ていた。やっぱり寒そうだし、今日のベージュのチノパンと同じ色で、コーディネートとしても間違っている気がした。その恰好で巨大なボウルを抱えて歩く真島さんは一見、不審者だった。店員に怪しまれそうだからと、マツキヨには一緒に入ってくれなかった。会計を終えて出ると、小さな女の子が、立ち話する母親の太ももに半分隠れながら、真島さんを警戒していた。

商店街を出て、駅の向こう側へ向かう。雪はやんでいたが、道はうっすらと白かった。

「転ばないでくださいね」

「大丈夫、こう見えて俺、雪国出身だから」

「そうなんですか、どこですか」

「教えない」

真島さんはさくさくと進み、わたしは慎重に歩いた。呼び鈴を鳴らすと、少し間を置いてドアが少しだけ開いた。隙間から見える坂間くんは髪に寝ぐせがついていて、めがねをしていなかった。

「あ、ありがとうございます。風邪うつるかもしれないから、ドアノブにかけてもらうだけでよかったのに。すみません」

　電話と同じかすかすの声をマスク越しに出した。

「おかゆ作ってきたから。食べて」とボウルを指すと、

「え、ありがとうございます、でも何で……。レトルトでじゅう分なんすけど……、というか、そちらのかたは」

　坂間くんはいつもより二重が濃い目を細めるようにして、真島さんを見た。ドアの隙間をちょっとずつ広げている。

「一緒におかゆを作ってくれた人。真島さんっていいます」

「もしかして例の」

「そう例の」

「はい、例の真島です。どうぞお大事に」

　真島さんはボウルでドアをこじ開けるようにし、それを坂間くんに押し付けるように預けた。坂間くんは「は、はあ」と言いながら受け取った。

「これおかゆすか？　雑炊じゃないすか？」

「かなり多く作っちゃったから、半分は冷凍してもいいと思う。ボウルは後日返してね。あとこれが、林檎とタピオカと干物」

「えっ干物？　タピオカ？」

　袋を覗き込む坂間くんに、「じゃあそろそろ」と言いかけると、

「そうだ須田さん、ちょっと待ってて」

坂間くんは呼び止め、わたしたちを狭い玄関へ招き入れた。一旦、奥に戻ると小さなケージを抱えて戻ってきて、中を見せてくれた。

一匹は、ふわふわとした木くずのようなものを一生けんめいかき分けていて、もう一匹は回し車に乗っていた。

「これがリンゴとスターです。須田さん、会いたがってたでしょ」

「どっちがスター？」

「走ってるほう」

潤んだ小さな目で回し車の向こうの何かをひたすら追って、短い手足を動かし続けていた。

「やばいでしょ」

坂間くんがリンゴのほうをさっと片手で捕まえ、わたしの両の手のひらに降ろした。手の上の柔らかさと温かさは、わたしにも「やばいね」と言わせた。

ボウルがなくなっても真島さんはユートピアで浮いていた。

「ハムスター、俺には触らせてくれなかったな」

ぼやきながら、コートのポケットに手を入れている。一軒一軒の店先を覗く姿は、異星を調査するスパイのようだった。

「あ、ここ見てっていい?」

真島さんが足を止めたのは、菓子類を安く売るチェーン店、おかしのまちおかの前だった。外に特設コーナーができていて、手作りチョコにのせるアーモンドやチョコスプレーやビーズが売られているのを、真島さんは物色し始めた。有線では、岡ちゃんが「冬のあるあるを詰め込みすぎ」と笑っていたあの曲がかかっていた。

「これ真島さんが好きって言ってたバンドの曲ですよね」

「うん。でも紅白、出ちゃったからなあ」

真島さんは特設コーナーを二周してから、小さなハート形の砂糖菓子が詰まったものをレジに持って行った。

冷蔵庫に入れていたチョコレートは、完璧には固まっていなかった。表面が、緩い膜を張ったようになっている。

「このほうがむしろ、デコレーションしやすいんじゃない」

と真島さんは言った。わたしはピンク色のチョコペンを選び、チョコの上に文字を書く。

「わたしの、でき上がるまで見ないでくださいね」

「じゃあ俺、あっちでやるわ」

真島さんは白のチョコペンを持ち、テレビの前のテーブルへ行った。固まりきっていなくても、チョコペンで文字は問題なく書けた。

「ねえ、どうしてさっきの彼に雑炊、作ってあげようって思ったの」

チョコに向き合いながら、真島さんが聞いた。

「それは、坂間くん、困っていたので」

わたしは最後のひとつにチョコペンを移しながら答えた。

「さっきの彼のこと、好きだからじゃないの」

「どうしてそうなるんですか。わたしが好きなのは」

「じゃあ料理嫌いは克服したってこと？」

「むしろ嫌いだって気持ちは増す一方ですよ」

「でもさ、一年前のきみなら、林檎剝いたり、タピオカ作ったり、調味料を買い溜めたり、風邪ひいてる人に雑炊を作ってあげようなんて――」

ああ、料理がこの世からなくなったら、どれだけ呼吸がしやすくなるだろう。

「わたしは……」

わたしは、真島さんのために料理を好きになりました。やっぱり料理は愛情ですね。

そう言えたら、どんなによかっただろう。言えたら、わたしの好きは、もっと真島さんに届くんだろうか。真島さんを揺さぶることができたんだろうか。

真島さんを好きじゃなくなりたいのに好きで、料理を好きになりたいのに嫌いだ。料理は嫌い。料理は嫌い、真島さんが好き。わたしにとって料理は愛情じゃない。ずっと変わらない。それなのに、どうして「料理は愛情」のことばかり、考えているんだろう。一度も理解できたことなどない、そのことばかりを。

部屋が静まった。コンビニで、紅白歌合戦で、おかしのまちおかで聞いた、あの冬の歌が耳の奥から鳴り出すのに、時間はかからなかった。

「真島さん、前に言ってましたよね。わたしたちのほとんどは、本当の冬なんて知らないのに、冬を歌った曲で、それを知ってる気になってるだけだって」

「うん」

「同じかもしれません」

「何が？」

「いつの間にか、どうしてか、知った気になってる。思い込んでる。自分の中に本当はないことまで」

あの曲で歌われている冬の景色を、わたしはほとんど、実際には知らない。

料理本の気配が、閉じられたクローゼットを抜けて届く。

突然、燃え盛る料理本の風景が思い浮かんだ。ああそうか、わたしはずっとそうしたかったのだ。天啓をがっしりと抱き止めて、真島さんの手が止まるのを待ってから誘った。

「焚火に行きませんか、チョコを持って」

「焚火？　今？」

「お焚き上げです」

「え、お焚き上げ？」

クローゼットの戸を素早く引いた。詰め込んでいた真新しいままの料理本が崩れて、真島さんの足元まで流れ、真島さんはひっと声を出した。

「はい、供養です」

スーツケースを引っ張り出し、わたしは中に料理本を入るだけ入れた。

商店街で、マッチを買った。行先を告げなくても、スーツケースを引きずるわたしに真島さんは黙ってついてきた。心なしかカップルの多い私鉄で、真島さんが座って、わたしはスーツケースを守るようにしながらずっと立っていた。向かったのは、百合子たちとお花見をした河川敷だった。もっと川寄りの岸辺へ、枯れ草を踏んで進んだ。大きくなったり小さくなったりしながらも途切れないスーツケースのキャスターの音は、これから始める儀式のためのお経のようだった。コンクリートの上の雪は解けきっていたけれど、草や土の上にはわずかに残っている。周りに人影はない。誰かが隠れてゴルフの練習をするような場所らしく、汚れたゴルフボールがいくつか転がっていた。

外灯が遠くなったその辺りは、暗くなりかけていた。遠くの橋を渡る電車の灯りがはっきりと見え始めている。わたしは白い息を吐きながら草のない空き地を探し、トランクを開くとばさばさと料理本コレクションを土の上に積んだ。寒さで感覚が鈍くなった指で、コートのポケットから取り出したマッチを擦ったときやっと、

「ねえ、何してるの」

真島さんが慌てて、わたしの腕をつかんだ。

「お焚き上げの準備を」

「本当に燃やすの？　ここ、焚火していい場所なの？」

「はい」

わからなかったけれど、そう答えた。

「真島さんも、やってたじゃないですか」

「あれは神社の正式なやつだからさ」

風で消えてしまったマッチ棒を捨て、もう一本擦ると、『カレをひと口で落としちゃう超カンタン手作りショコラ30選』のピンク色の表紙に近づける。小さな火が移ったのを確認してから、重なり合った料理本の上に落とす。風が強く吹くたび、布がはためくような音がたって、火は少しずつ広がっていった。暖かい。周囲の暗さがどっと増し、ふたりだけで濃い夕焼けの中にいるようだった。

わたしに作られることのなかったレシピが燃えていく。なりたかったわたしが燃えていく。暗い空へと上っていく煙を見送りながら、罪悪感はほぼなかった。心はどんどん澄んでいった。

「俺は、きみの考えていることが今、全然わからないよ」

立ちつくした真島さんが、揺れる火を目に映して言った。

わたしには、自分の考えていることが、くっきりと見え始めていた。

「わたしは今、わたしが勝手に作り上げていた『料理は愛情』の亡霊を燃やしています」

煙の匂いは、玉ねぎを焦がしたときよりはずっと甘く、わたしを落ち着かせてくれているように感じた。大きく吸い込んでから言った。

「わたしだったんです。料理は愛情っていう言葉に一番取り憑かれていたのは。それを言う誰かが、どういう景色を見てきて、どういう意味で言っているか、ちゃんと想像しないで、正しそうっていうただそれだけで、わたしもそう思えるようにならなきゃって思ってた。わたし自身は料理は愛情って、ただの一度だって思えたことがなかったのに」

「ただの一度も」

「はい」

火はまだ大きくなった。

「……俺のチョコ、開けてみてよ」

やがて真島さんが言った。

「でも、これ、沙代里さんに作ったんですよね」

「もうすぐ結婚する人に、あげられないでしょう」

チョコは、出がけにアルミホイルにひとつずつ包んできた。真島さんが作ったほうの包み方は、丁寧だった。アルミホイルのしわの数がわたしのほうよりだいぶ少ない。かじかんでいた指先を熱気にかざしてから、焚火の灯りを頼りに、慎重に開いていく。真島さんが白のチョコペンで書いていたメッセージが、一文字ずつ現れる。最初のチョコに書かれた文字は「愛」、次は「は」で、その次は「理」「料」「情」。

「並べ変えてみてよ」

「料理は愛情……」

線はところどころ揺れているけれど、意思を感じさせる字だった。周りには、さっき買っていた赤とピンクのハートの砂糖菓子も散っていた。

「サヨさんを思い出すとき一番に浮かんでくるのはやっぱり、この言葉なんだ」

その耳は少し赤らんでいた。

「サヨさん、俺のこと好きになろうとして好きになれなかったって言ってたけどさ、サヨさんが作ってくれた料理からは、俺は愛情を感じてたんだよ、確かに。料理は愛情じゃないのなら、あれは何だったのかな」

小さな声でぽつぽつと、真島さんは言った。

「真島さん」

思わず上《うわ》ずった声が出て、真島さんは体をびくりとさせた。

「何、次は何」

「それが、真島さんにとっての『料理は愛情』の意味です。感想のひとつ。わたしが料理を食べて『おいしいな』って感じるのと同じように、真島さんは『愛情だな』って感じる」

「感想」

たくさんの人が言う「料理は愛情」。坂間くんの「面倒くさいす」。母が言った「大事な人ができると変われる」。沙代里さんが言った、「大切な人が増えるほど料理が好きになれる」。じわじわと、わかり始める。みな、自分で見つけた言葉で話していたのかもしれない。わたしみたいに、誰かが言った正しそうな言葉を、ただ借りているわけじゃなかった。

じゃあわたしの、わたしだけの『料理は愛情』の意味も、見つけられるんじゃないだろうか。この十二ヵ月の間の遠回りの後で、今ここにある意味。

大好きな人を思い浮かべてみる。真島さん、百合子に両親、それからこの一年で増えた大事な人たち、つまり中さん、坂間くん、東当さん、百合子と太郎さんのまだ見ぬ子。

みんなの顔は知らない誰かの言葉で背丈を伸ばし続けている火と重なり、わたしだけの意味の形が、少しずつあぶり出されていく。その意味の輪郭を捕まえられるまで待って、

「真島さん、わかりました。わたしは大切な人が増えれば増えるほど、料理が嫌いになります。愛情が生まれれば生まれるほど、料理が面倒くさくなります」

やっと、声に出せた。

自分ひとりなら悩まない。好きなものだけを選んで、食べて、生活していくだろう。それが、誰かのことを考えると途端にできなくなる。

少しずつ何かを間違いがちな自分と、同じものを食べてほしいとは、思わないからだ。正しいと言われているものを食べてもらわなければと思うし、正しいと言われていることをしてあげなければとも思うからだ。

正しく愛したい。そのためには、自分にとっての正しいことはどれかをまずは決めなければいけないのに、ただただ正しそうなことを追って、さまよって、消耗する。

大事な人がひとりでも加われば、そんなふうに自分の狭い世界はすぐにかき乱されて、わたしの無力さなどは無視して勝手に広がろうとする。正しいことを知らず、何かを決める勇気もない未熟なわたしは、広がろうとする世界をとてもとても怖がるくせに、広げられたらどうなるのだろうと期待もしてしまう。正反対の方向から体が強く引っ張られ続けているような感覚が、ずっと続いていく。自分以外の大事な誰かを思う間、ずっと。

真島さんは眉間《みけん》にしわを寄せながら、

「何というか、すごく面倒くさい思考回路だね」

と言った。

「面倒くさいです、だけど」

決断、決断、決断、決断。燃やして、決め直す。わたしだけの意味と名前。

「思ったんです。大切な人ができると料理するようになるってよく言われるけど、それは、そのわたしにとっての面倒くささを、誰かを思って自分が分裂していく感覚を、愛情って呼んでいる人がいるっていうことなのかも。愛情と呼ぶと決めた人が」

燃えるものはまだ尽きず、炎は成長を続けている。思ったより、大きくなっているが、不思議と焦りはない。

「……ああ、この火、絶対通報されるよ」

真島さんは、あきらめたような声を出す。

「俺は、それを愛情って呼べるほうの人間になりたいけどな」

「わたしも、なりたかった」

「なりたかったたって……過去形なの？」

わたしは、あきらめたんだろうか。なりたい人になることを、あきらめたんだろうか。いや違う、この名前は、あきらめではなくて——。

「その感覚の名前、わたしは愛情とは呼べないけど、でもそう遠くはないものだって思うんです。わたしが料理を前よりさらに嫌いになったのは、大切な人が増えたってことだから。むしろ喜ばしいことだって。そう思う」

「何だろう、それこそ、むりやり自分を納得させるために絞り出した強がりとか、きれいごとにしか聞こえないよ」

火は、わたしの腰ほどの高さにまでなっている。寒さが消えていることに気づいた。風向きが変わったようで、ふたりとも、温かい煙を全身で浴びている。燻製になれそうだと思った。

「やばい、これ絶対やばいって」

真島さんはそう言いつつ、ぼう然と見ているだけだ。火の粉まで舞ってきたので、わたしは風上のほうへ少し下がった。枯れ草の上にしゃがんで、また火を見る。つられて移動してきた真島さんの背中に向かって、いつもより声を張る。

「強がりでも、きれいごとでも、いいです。ださいくらいありふれたきれいごとが、自力で作りあげたきれいごとで強がることが、必要なときがあるってわかったんです。特に、自分は夏のホッキョクグマだって思い込んでる人には」

真島さんが、隣に体育座りをした。鼻からすんと空気を吸ったあと、同じように火を見る。

「俺だって知ってるよ、そんなこと」

真島さんの声は、いつもより幼く聞こえた。

「知ってるからこそ、ださいものが好きじゃないんだ」

「でも真島さんって、けっこう色々ださいですよ」

「それも知ってる」

真島さんは胸の奥の息をはくように言った。知っているだけでは、どこにも行けない。そのことも、ふたりは知っている。

わたしも、手作りチョコを取り出した。

「どうぞ」

真島さんは、恐る恐るといった仕草で、オレンジ色に照るアルミホイルをひとつずつはがしていく。「夏」「北」「熊」「極」「の」。真島さんが素早く並べ替える。

「夏の、北極熊」

「はい。真島さんを好きだって思うとき、わたしの心にはいつも夏のホッキョクグマが浮かびます。わたしは冬のホッキョクグマより、夏のが好きです。ぐったりしているけど、自然体じゃないけど、ずっと見ていたい」

「夏の北極熊」を見ながら、真島さんはまだ眉間に力を入れている。

「真島さん、わたしの前では、普通に鼻呼吸していいんですよ」

言ってみたが、真島さんは燃えていく本を見たままで、特に呼吸に変化は感じられなかった。どれくらいの時間そのままでいたんだろうか、遠くの橋を電車が何本も過ぎて行った。やがて燃えるものが尽き始め、火の勢いは弱まりつつあった。

「チョコ、食べてください」

促すと、真島さんは「夏」から齧った。タルトの部分が粉になってぱらぱらと暗い足元に落ちる。

「どうですか、わたしの込めたたくさんの愛情、ありったけの愛情、夜二時に目を覚まして自転車に飛び乗りたくなるくらいの愛情、伝わってますか。沙代里さんの料理で感じたのより強い愛、感じますか」

「料理は愛情」が、さっきまでのわたしが囚われていたみたいに、作った側が背負う言葉であるのなら――。わたしが作ったチョコは、それだけの巨大な愛情が伝わってしかるべきチョコであるはずだった。

真島さんは何も答えない。下半分になった「夏」に、じっと目をやっている。焚火は終わりに近づいているようだった。黒い塵が、小さく揺れる火を囲むように広がっていた。火照っていた体の前半分が、再び風の冷たさを感じ始めている。消えていく火と代わるように闇は広がって、チョコの白い文字が浮かぶように見えた。

わたしも真島さんの溶かして固めたチョコレートを食べた。「料」「理」「は」「愛」「情」を、一気に食べた。今まで食べたどんなチョコレートよりも苦くて、重くて、溶けにくくて、胸につかえた。すべて胃に流れたあとで、口の中に懐かしいような甘みが一瞬現れて、もっと味わわなければと思う隙に消えた。

おいしい。でもこれは、真島さんが沙代里さんに込めた愛情の味なんかではない。わたしには、ただのチョコの味だ。市販の板チョコを溶かし、形を変えて固め直した、手作りチョコとむりやり呼ぶものの味だ。今は、はっきりと言える。

「わたしには、料理は愛情じゃない。わたしにとって料理は、愛情っていう名前じゃない」

これまでで、最も自信と確信を持てた言葉だった。

「もうきみは俺と、似てないね」

真島さんは、どこかぼんやりとした声で言う。

「似てますよ」

とわたしは答える。似たような本を燃やしては買う真島さんみたいに、わたしもまたきっと、料理本を買ってしまうだろう。今は答えを見つけた気がしていても、もっと別の名前を探したくなる予感は、もうしていた。

「料理は愛情じゃない」

もう一度言ってみる。真島さんは、頷きはしない。料理本はまもなくすべて灰になる。

「だけどわたしは、あなたが好き」

遠くで消防車のサイレンが鳴っているような気がするけれど、わたしは目を閉じて、真島さんの鼻呼吸の音だけに耳を澄ませた。

文庫版あとがき

佐々木愛

『料理なんて愛なんて』の単行本が出たとき、周りの人に「私はこの主人公ほど料理が嫌いなわけではない」ということを、言って回ってしまいました。才能がありそうだ、と思われたかったからです。

私が好きだと思う小説の多くは、作者自身が前面には表れてこないタイプの小説、もしくは作者自身の経験が発酵してまったく別の形になって出てくるような小説であることから、そういう小説が書けるようになりたいと思っているし、それに、自分と共通点が少ない主人公を書けたほうがなんか才能あるって思われそう……、と思っていました。あさはかです。

冷静になれば、実際のところ、この主人公と同じくらい私も料理が苦手だし嫌いです。一番いやで苦手な作業は、牛乳パックの口を開けることです。牛乳パック開けなど料理の序の口の序の口かもしれませんが、きれいにひらけたためしがありません（というのは、ちょっと盛りました。さすがに十回に一回は成功します）。びりびりになった口では、牛乳がおかしな方向に曲がって出てくるので、コップからはみ出て、テーブルが汚れることが多いです。牛乳パック開けの達人的人物に教えも請いました。しかし上達しないままです。安い牛乳は、開けにくいのではないか？　とパックのせいにしたこともありました。初めて買ってみた高い牛乳でも、びりびりになりました。そのときも、自分以外のせいにするあさはかさを反省しました。

生の肉も怖いです。火が通っていないと、人を殺してしまいかねないからです。牛乳パックさえ普通に開けられない人間が、人を殺さない料理が作れると思うか？　と自分を疑っています。生肉はパックから直接、鍋に落としてとりあえず加熱します。人を殺さないレベルまで火が通ってから、やっと包丁でカットできます。私の手料理を食べている誰かを眺めているとき、私はこの人の命を奪う可能性があるのだと想像します。食べたあとも、その人が苦しみださないか毎回心配です。食品のＣＭでよく見る、もりもり食べる家族を見てうっとり……という表情は、「そういう顔をするぞ」と頑張らないとできません。作ってもらった側のときは、何も考えず「おいしー！　しあわせー！」と笑顔になれる自分が不思議です。

食器洗いも、いやです。食洗機を導入したものの、中に食器を入れるのがとても苦手です。普通に洗ったほうが早かったんじゃないか？　と思うくらい時間がかかる上、最後はむりやり閉めるので、スイッチを入れるとカチャカチャ変な音がして、食洗機の中で欠けた皿が多くあります。入れ方が雑なので汚れが落ちていないときもあり、食洗機をあまり信用できていません。食洗機もまた私を嫌っているように見えてきて、キッチンの雰囲気はいつも悪いです。スーパーのお惣菜やミールキットやファストフードが救ってくれています。

こんなに料理がいやですが、私も主人公と同じように、「料理が好きな人になりたかった」とたびたび思います。冷蔵庫にたまたまあった食材で何品も作り上げるプロフェッショナルが活躍するバラエティー番組に心躍り、来世は私もこんな人に……と思い描きます。その理由も、作中で主人公がたどり着いたように、「誰かに愛されたいから」ではなく「正しいとされていることを自然と選べる人に憧れているから」なのだと思います。

まったく好きじゃないのに好きになれたらよかったのにと思う、そして自己嫌悪を無限に引き出す、そういう不思議な存在です。この不思議さを『料理なんて愛なんて』で書きたかったです。

主人公は、同じところをぐるぐる回って遠回りし、結局、表面上は大きく変われません。どんどん共感や好感から離れていく主人公に「共感なんて、くそくらえだよな」と言い聞かせながら書いていましたが、本になった後は「ごめん、もっと共感されるように書いてあげられたらよかったな」と苦しいくらい思いました。

特に、単行本の発売からしばらく経った今振り返れば、主人公の悩みの根本を描くにあたって、モテと料理の上手・下手を絡めたこと、それ自体が古かったのでは……と思います。いまだ、恋愛や結婚と料理をいっしょくたに考える人は多く、そこに悩まされる人も多いのが現実です。しかし、そういう現実をもっと壊していく力がある小説を、私は書きたかったはずでした。

「料理は愛情」という言葉の、自分なりに納得できる意味を、遠回りしながらも主人公は自分で見つけられました。そのふん張りの強さは、私にはまだない部分です。

これからは知識や視点を前進させながら、なるべく抜け道を通らないで小説を書きたい。それを誓いつつ、『料理なんて愛なんて』の主人公の悩みは古いと、どんどん言われるようになることを望みます。

単行本　二〇二一年一月　文藝春秋刊

ＤＴＰ制作　言語社

文春文庫

料理《りょうり》なんて愛《あい》なんて

定価はカバーに表示してあります

2023年5月10日　第1刷

著　者　佐《さ》々《さ》木《き》　愛《あい》
発行者　大沼貴之
発行所　株式会社　文藝春秋

東京都千代田区紀尾井町3-23　〒102-8008
TEL　03・3265・1211㈹
文藝春秋ホームページ　http://www.bunshun.co.jp

落丁、乱丁本は、お手数ですが小社製作部宛お送り下さい。送料小社負担でお取替致します。

印刷・萩原印刷　製本・加藤製本
Printed in Japan
ISBN978-4-16-792044-9

（　）内は解説者。品切の節はご容赦下さい。

桜庭一樹
荒野《こうや》
恋愛小説家の父と鎌倉で暮らす少女・荒野。父の再婚、同級生からの告白、新たな家族の誕生……。十二〜十六歳、少女の四年間を瑞々しく描いた成長物語が合本で一冊に。（吉田伸子）
さ-50-8

桜庭一樹
傷痕
人気ポップスターの急死で遺された十一歳の愛娘〝傷痕〟。だがその出生は謎で、遺族を巻き込みつつメディアや世間の注目の的に。彼女は父の死をどう乗り越えるのか。（尾崎世界観）
さ-50-10

桜木紫乃
ブルース
貧しさから這い上がり夜の支配者となった男。彼は外道を生きる孤独な男か？　女たちの夢の男か？　謎の男をめぐる八人の女の物語。著者の新境地にして釧路ノワールの傑作。（壇　蜜）
さ-56-3

坂井希久子
17歳のうた
舞妓、アイドル、マイルドヤンキー。地方都市で背伸びしながらも強がって生きる17歳の少女たち。大人でも子どもでもない少女の心情を鮮やかに切り取った5つの物語。（枝　優花）
さ-59-2

坂上　泉
へぼ侍
明治維新で没落した家を再興すべく西南戦争へ参加した錬一郎。しかし、彼を待っていたのは、一癖も二癖もある厄介者ばかりの部隊だった――。松本清張賞受賞作。（末國善己）
さ-75-1

佐々木　愛
プルースト効果の実験と結果
東京まで新幹線で半日かかる地方都市に住む女子高生の不思議な恋愛を描いた表題作、オール讀物新人賞受賞作「ひどい句点」等こじれ系女子の青春を描いた短篇集。（間室道子）
さ-76-1

篠田節子
冬の光
四国遍路の帰路、冬の海に消えた父。家庭人として企業人として恵まれた人生ではなかったのか……足跡を辿る次女が見た最期の景色と人生の深遠が胸に迫る長編傑作。（八重樫克彦）
し-32-12

柴田よしき
風のベーコンサンド
高原カフェ日誌《ダイアリー》

東京の出版社をやめ、奈穂が開業したのは高原のカフェ。訪れるのは娘を思う父や農家の嫁に疲れた女性……。心の痛みに効くカフェご飯が奇跡を起こす六つの物語。（野間美由紀）

し-34-19

柴田よしき
草原のコック・オー・ヴァン
高原カフェ日誌《ダイアリー》II

奈穂のカフェ「Son de vent《ソン・デュ・ヴァン》」二度目の四季。元ロックスターが店にあらわれる。ワイン造りを志す彼を奈穂が助けるうちに、噂が立ち始め——シリーズ第二弾。（藤田香織）

し-34-20

大崎 梢・近藤史恵・篠田真由美・柴田よしき・永嶋恵美
新津きよみ・福田和代・松村比呂美・光原百合
アンソロジー 捨てる

連作ではなく単発でしか描けない世界がある——9人の女性作家が持ち味を存分に発揮し、「捨てる」をテーマに競作！ 様々な女性たちの想いが交錯する珠玉の短編小説アンソロジー。

し-34-50

大崎 梢・加納朋子・近藤史恵・篠田真由美・柴田よしき
永嶋恵美・新津きよみ・福田和代・松尾由美・松村比呂美・光原百合
アンソロジー 隠す

誰しも、自分だけの隠しごとを心の奥底に秘めているもの——。実力と人気を兼ね備えた11人の女性作家らがSNS上で語り合い「隠す」をテーマに挑んだエンターテインメントの傑作！

し-34-51

真保裕一
こちら横浜市港湾局みなと振興課です

山下公園、氷川丸や象の鼻パーク、コスモワールドの観覧車、外国人居留地——歴史的名所に隠された謎を解き明かせ。港町・横浜ならではの、出会いと別れの物語。（細谷正充）

し-35-9

重松 清
その日のまえに

僕たちは「その日」に向かって生きてきた——。死にゆく妻を静かに見送る父と子らを中心に、それぞれのなかにある生と死、そして日常のなかにある幸せの意味を見つめる連作短篇集。

し-38-7

重松 清
また次の春へ

同じ高校に合格したのに、浜で行方不明になった幼馴染み。彼の部屋を片付けられないお母さん。突然の喪失を前に、迷いながら、泣きながら、一歩を踏みだす、鎮魂と祈りの七篇。

し-38-14

（　）内は解説者。品切の節はご容赦下さい。

朱川湊人《みなと》
花まんま
幼い妹が突然誰かの生まれ変わりと言い出す表題作の他、昭和三、四十年代の大阪の下町を舞台に不思議な出来事をノスタルジックな空気感で情感豊かに描いた直木賞受賞作。（重松　清）
し-43-2

朱川湊人
いっぺんさん
一度だけ何でも願いを叶えてくれる神様を探しに行った少年たちのその後の顛末を描いた表題作「いっぺんさん」他、懐かしさと恐怖が融合した小さな奇跡を集めた短篇集。（金原瑞人）
し-43-4

白石一文
どれくらいの愛情
結婚を目前に最愛の女性・晶に裏切られた正平は、苦しみの中、家業に打ち込み成功を収めていた。そんな彼に晶から電話が。再会した男と女。明らかにされる別離の理由。
し-48-1

白石一文
僕のなかの壊れていない部分
東大卒出版社勤務、驚異的な記憶力の「僕」は、どんな女性とも深く繋がろうとしない。その理屈っぽい言動の奥にあるのは絶望か渇望か。切実な言葉が胸を打つロングセラー。（窪　美澄）
し-48-4

島本理生
ファーストラヴ
父親殺害の容疑で逮捕された女子大生・環菜。臨床心理士の由紀が、彼女や、家族など周囲の人々に取材を重ねるうちに明らかになった環菜の過去とは。直木賞受賞作。（朝井リョウ）
し-54-3

雫井脩介
検察側の罪人（上下）
老夫婦刺殺事件の容疑者の中に、時効事件の重要参考人が。今度こそ罪を償わせると執念を燃やすベテラン検事・最上だが、後輩の沖野はその強引な捜査方針に疑問を抱く。（青木千恵）
し-60-1

真藤順丈
黄昏旅団
家族へ酷い仕打ちをする男の心の中を旅することになった青年・グンが見た驚愕の風景。古より存在する〈歩く者〉が真実を顕わにする破壊力抜群の極限ロードノベル！（恒川光太郎）
し-67-1

須賀しのぶ
革命前夜
バブル期の日本から東ドイツに音楽留学した眞山。ある日、啓示のようなバッハに出会い、運命が動き出す。革命と音楽の歴史エンターテイメント。第十八回大藪春彦賞受賞作。（朝井リョウ）
す-23-1

鈴木大介
里奈の物語　15歳の枷
伯母の娘や妹弟の世話をしながら北関東の倉庫で育った少女・里奈。伯母の逮捕を機に児童養護施設へ。だが自由を求めて施設を飛び出す。最底辺で逞しく生きる少女を活写する青春小説。

す-26-1

瀬戸内寂聴
源氏物語の女君たち
紫式部がいちばん気合を入れて書いたヒロインはだれ？　物語に登場する魅惑の女君たちを、ストーリーを追いながら徹底解説。寂聴流、世界一わかりやすくて面白い源氏物語の入門書。

せ-1-22

瀬尾まいこ
強運の持ち主
元OLが〝ルイーズ吉田〟という名の占い師に転身！　ショッピングセンターの片隅で、小学生から大人まで、悩める背中をちょっとだけ押してくれる。ほっこり気分になる連作短篇。

せ-8-1

瀬尾まいこ
戸村飯店　青春100連発
大阪下町の中華料理店で育った兄弟は見た目も違えば性格も全く違う。人生の岐路にたつ二人が東京と大阪で自分を見つめ直す。温かな笑いに満ちた坪田譲治文学賞受賞の傑作青春小説。

せ-8-2

瀬尾まいこ
そして、バトンは渡された
幼少より大人の都合で何度も親が替わり、今は二十歳差の〝父〟と暮らす優子。だが家族皆から愛情を注がれた彼女が伴侶を持つとき——。心温まる本屋大賞受賞作。（上白石萌音）
せ-8-3

瀬川コウ
君と放課後リスタート
君を好きだった気持ちさえなくしてしまったのだろうか？　ある日、クラスメート全員が記憶喪失に!?　全ての人間関係の記憶も失われた状態で生まれた謎を「僕」は解き明かせるか。

せ-13-1

（　）内は解説者。品切の節はご容赦下さい

（　）内は解説者。品切の節はご容赦下さい。

高村　薫
四人組がいた。
山奥の寒村でいつも集まる老人四人組の元には、不思議で怪しい客がやってきては珍騒動を巻き起こす。「日本の田舎」から今を描く、毒舌満載、痛烈なブラックユーモア小説！
た-39-3

高野和明
幽霊人命救助隊
神様から天国行きを条件に、自殺志願者百人の命を救えと命令された男女四人の幽霊たち。地上に戻った彼らが繰り広げる怒濤の救助作戦。タイムリミット迄あと四十九日――。（養老孟司）
た-65-1

高杉　良
世襲人事
大日生命社長の父に乞われ、取締役待遇で転職した広岡厳太郎。世襲人事と批判されるも、新機軸を打ち立てリーダーと認められていくが……。英姿颯爽の快男児を描く。（高成田　享）
た-72-9

高杉　良
不撓不屈
税理士・飯塚毅は、中小企業を支援する「別段賞与」という会計処理が脱税幇助だと激怒した国税当局から、執拗な弾圧を受ける。最強の国家権力に挑んだ男の覚悟の物語。（寺田昭男）
た-72-10

千早　茜
西洋菓子店プティ・フール
下町の西洋菓子店の頑固職人のじいちゃんと、その孫であり弟子であるパティシエールの亜樹と、店の客たちが繰り広げる、甘やかなだけでなくときにほろ苦い人間ドラマ。（平松洋子）
ち-8-2

千早　茜
正しい女たち
偏見や差別、セックス、結婚、プライド、老いなど、口にせずとも誰もが気になる最大の関心事を、正しさをモチーフに鮮やかに描きだす。胸をざわつかせる六つの物語。（桐野夏生）
ち-8-4

知念実希人
レフトハンド・ブラザーフッド（上下）
左腕に亡き兄・海斗の人格が宿った高校生・岳士は殺人事件に巻き込まれ、容疑者として追われるはめに。海斗の助言で、真犯人を見つけるため危険ドラッグの密売組織に潜入するが。
ち-11-1

筒井康隆
わたしのグランパ
中学生の珠子の前に、突然、現れた祖父・謙三はなんと刑務所帰りだった。侠気あふれるグランパは、町の人たちから慕われ、次々に問題を解決していく。傑作ジュブナイル。（久世光彦）
つ-1-19

辻村深月
鍵のない夢を見る
どこにでもある町に住む女たち——盗癖のある母を持つ娘、婚期を逃した女の焦り、育児に悩む若い母親……私たちの心にさしこむ影と、ひと筋の希望の光を描く短編集。直木賞受賞作。
つ-18-3

辻村深月
朝が来る
不妊治療の末、特別養子縁組で息子を得た夫婦。朝斗と名づけた我が子は幼稚園に通うまでに成長し幸せに暮らしていた。だがある日、子供を返してほしいとの電話が——。（河瀬直美）
つ-18-4

月村了衛
コルトM1847羽衣
羽衣の二つ名を持つ女渡世・お炎は、失踪した思い人を追い、最新式六連発銃・コルトM1847を背中に佐渡へと渡る。正統時代伝奇×ガンアクション、人気シリーズ第2弾。（細谷正充）
つ-22-3

月村了衛
ガンルージュ
韓国特殊部隊に息子を拉致された元公安のシングルマザー・律子。息子を奪還すべく、律子は元ロックシンガーの女性体育教師・美晴とともに、決死の追撃を開始する。（大矢博子）
つ-22-2

恒川光太郎
金色機械
時は江戸。謎の存在「金色様」をめぐって禍事が連鎖する——。人間の善悪を問うた前代未聞のネオ江戸ファンタジー。第67回日本推理作家協会賞受賞作。（東　えりか）
つ-23-1

ツチヤタカユキ
笑いのカイブツ
二十七歳童貞無職。人間関係不得意。圧倒的な質と量のボケを刻んだ「伝説のハガキ職人」の、心臓をぶっ叩く青春私小説。笑いに憑かれた男が、全力で自らの人生を切り開く！
つ-25-1

（　）内は解説者。品切の節はご容赦下さい。

辻堂ゆめ
お騒がせロボット営業部！
社運をかけ開発された身長80センチの人型ロボット。実用性ゼロのポンコツなのに、次々と事件の犯人にされて…新人女子とイケメンコンビは謎を解けるか!? 新感覚ロボットミステリー。
つ-26-1

天童荒太
ムーンナイト・ダイバー
震災と津波から四年半。深夜に海に潜り被災者の遺留品を回収する男の前に美しい女が現れ、なぜか遺品を探さないでほしいと言う――。現場取材をしたから書けた著者の新たな鎮魂の書。
て-7-5

堂場瞬一
帰還
東日新聞四日市支局長の藤岡裕己が溺死。警察は事故と結論づけたが同期の松浦恭司、高本歩美、本郷太郎の三人は納得がいかず、それぞれの伝手をたどって、事件の真相に迫っていく。
と-24-19

土橋章宏
チャップリン暗殺指令
昭和七年(一九三二年)、青年将校たちが中心となり首相暗殺などクーデターを画策。陸軍士官候補生の新吉は、来日中の喜劇王・チャップリンの殺害を命じられた――。傑作歴史長編。
と-33-1

中島らも
永遠《とわ》も半《なか》ばを過ぎて
ユーレイが小説を書いた？ 三流詐欺師が写植技師と組み出版社に持ち込んだ謎の原稿。名作の誕生だ。これが文壇の大事件となって……。輪舞する喜劇。痛快らもワールド！ （山内圭哉）
な-35-1

中島京子
小さいおうち
昭和初期の東京、女中タキは美しい奥様を心から慕う。戦争の影が濃くなる中での家庭の風景や人々の心情。回想録に秘めた思いと意外な結末が胸を衝く、直木賞受賞作。 （対談・船曳由美）
な-68-1

中島京子
のろのろ歩け
台北、北京、上海。ふとした縁で航空券を手にし、忘れられぬ旅の光景を心に刻みこまれる三人の女たち。人生のターニングポイントにたつ彼女らをユーモア溢れる筆致で描く。 （酒井充子）
な-68-2

中島京子
長いお別れ
認知症を患う東昇平。遊園地に迷い込み、入れ歯は次々消える。けれど、難読漢字は忘れない。妻と3人の娘を不測の事態に巻き込みながら、病気は少しずつ進んでいく。（川本三郎）
な-68-3

中山七里
静おばあちゃんにおまかせ
警視庁の新米刑事・葛城は女子大生・円に難事件解決のヒントをもらう。円のブレーンは元裁判官の静おばあちゃん。イッキ読み必至の暮らし系社会派ミステリー。（佳多山大地）
な-71-1

中山七里
テミスの剣《つるぎ》
自分がこの手で逮捕し、のちに死刑判決を受けて自殺した男は無実だった？　渡瀬刑事は若手時代の事件の再捜査を始める。冤罪に切り込む重厚なるドンデン返しミステリ。（谷原章介）
な-71-2

中路啓太
ゴー・ホーム・クイックリー
戦後、ＧＨＱに憲法試案を拒否され英語の草案を押し付けられた日本。内閣法制局の佐藤らは不眠不休で任務に奔走する。日本国憲法成立までを綿密に描く熱き人間ドラマ。（大矢博子）
な-82-1

楡　周平
ぷろぼの
人材開発課長代理 大岡の憂鬱
大手電機メーカーに大リストラの嵐が吹き荒れていた。首切り担当部長の悪辣なやり口を聞いた社会貢献活動の専門家「プロボノ」達は、憤慨して立ち上がる。（村上貴史）
に-14-4

貫井徳郎
新月譚
かつて一世を風靡し、突如、筆を折った女流作家・咲良怜花。彼女に何が起きたのか？　ある男との壮絶な恋愛関係が今語られる。恋愛の陶酔と地獄を描きつくす大作。（内田俊明）
ぬ-1-7

貫井徳郎
神のふたつの貌《かお》
牧師の息子に生まれた少年の無垢な魂は一途に神の存在を求めた。だが、それは恐ろしい悲劇をもたらすことに……。三幕の殺人劇の果てに明かされる驚くべき真相とは？（三浦天紗子）
ぬ-1-9

文春文庫　最新刊

奔《はし》れ、空也　空也十番勝負（十）　佐伯泰英
空也は大和柳生で稽古に加わるが…そして最後の決戦！

烏百花　白百合の章　阿部智里
尊い姫君、貴族と職人…大人気「八咫烏シリーズ」外伝

警視庁公安部・片野坂彰　天空の魔手　濱嘉之
中国による台湾侵攻への対抗策とは。シリーズ第5弾！

耳袋秘帖　南町奉行と首切り床屋　風野真知雄
首無し死体、ろくろ首…首がらみの事件が江戸を襲う！

帰り道　新・秋山久蔵御用控（十六）　藤井邦夫
妻と幼い息子を残し出奔した男。彼が背負った代償とは

朝比奈凜之助捕物暦　駆け落ち無情　千野隆司
駆け落ち、強盗、付け火…異なる三つの事件の繋がりは

青春とは、　姫野カオルコ
名簿と本から蘇る鮮明な記憶。全ての大人に贈る青春小説

鎌倉署・小笠原亜澄の事件簿　由比ヶ浜協奏曲　鳴神響一
演奏会中、コンマスが殺された。凸凹コンビが挑む事件

料理なんて愛なんて　佐々木愛
嫌いな言葉は「料理は愛情」。こじらせ会社員の奮闘記！

蝦夷拾遺　たば風〈新装版〉　宇江佐真理
激動の幕末・維新を生きる松前の女と男を描いた傑作集

兇弾　禿鷹Ⅴ〈新装版〉　逢坂剛
死を賭して持ち出した警察の裏帳簿。陰謀は終わらない

父を撃った12の銃弾　上下　ハンナ・ティンティ　松本剛史訳
少女は、父の体の弾傷の謎を追う。傑作青春ミステリー